BAD GIRLS DON'T LOVE

Hallie & Chris

Ein Pink Powderpuff Books-Roman

DANIELA FELBERMAYR

Daniela Felbermayr

BAD GIRLS DON'T LOVE

Hallie & Chris

Bibliografische Information der Deutschen Nationalbibliothek:
Die Deutsche Nationalbibliothek verzeichnet diese Publikation in der Deutschen Nationalbibliografie; detaillierte bibliografische Daten sind im Internet über http://dnb.dnb.de abrufbar.

   www.pink-powderpuff-books.com
   dany@pink-powderpuff-books.com
   Folgen Sie Pink Powderpuff Books auf Facebook oder Instagram oder melden Sie sich zum Newsletter an!

Herstellung und Verlag: BoD – Books on Demand, Norderstedt

ISBN: 978-3-748148807

„Because maybe you're gonna be the one that saves me. And after all you're my wonderwall"

Oasis, Wonderwall

„Who needs a heart, when a heart can be broken"

       The Prides, "What's love got to do with it"

KEINE ECHTEN NAMEN.

KEINE TELEFONNUMMERN.

KEIN ZWEITES DATE.

VERLIEBE DICH NICHT. NIEMALS.

PROLOG

„Morgen um diese Zeit bist du bereits Mrs. Thomas Farlowe", sagte Maggie fast verschwörerisch und nahm einen Schluck Piña Colada. Sie grinste breit und stellte einen Cocktailbart zur Schau, als sie das Glas absetzte. Hallies Herz begann bei diesem Gedanken zu rasen. In nicht einmal vierundzwanzig Stunden würde sie die Liebe ihres Lebens heiraten und für den Rest ihrer Tage glücklich sein. Tom war alles, was Hallie sich jemals gewünscht hatte. Liebevoll, aufrichtig, romantisch. Gut aussehend, charmant, integer. An ihr interessiert. Und: Anwalt. Jeder in ihrem Freundeskreis beneidete sie um den gut aussehenden Juristen, der Hallie auf Händen trug und ihr die Sterne vom Himmel holte. Sie und Tom hatten sich vor drei Jahren kennengelernt, als Hallie mit ihren Freundinnen Tiffany und Stacy einen Trip nach Vegas gemacht hatte, wo Tom bei einem Juristenkongress einen Vortrag zum Thema „Die rechtlichen Möglichkeiten im Unternehmensrecht im dritten Jahrtausend" abhielt. Sie waren nebeneinander an einer Bar gelandet, weil Hallie die Chips, die sie für das Kasino bereitgehalten hatte, verspielt hatte und ihre Mutter ihr ungefähr eine Million Mal gesagt hatte, sie solle sich nur ja nicht vom Spielteufel packen lassen. Meredith Hollister hatte ungefähr zwölf Beispiele von Menschen gewusst, die Hab und Gut und Haus und Hof verloren hatten, weil sie den Fehler gemacht hatten, zehn Dollar bei der Bank im Kasino in Chips einzuwechseln. Hallie hatte ihre Mutter für übervorsichtig gehalten, aber als ihr letzter Jeton dann in den Krallen des Croupiers verschwunden war, hatte sie es doch nicht gewagt, ihr Glück ein weiteres Mal herauszufordern. Tom hatte von Haus aus keine Lust, Millionen im Cesars Palace zu machen, sondern weinte lieber seiner Verflossenen nach, die ihn für ihren Chef hatte fallen lassen. Eigentlich hatte er vorgehabt, ihr an Weihnachten einen Heiratsantrag zu machen, und eigentlich war er auch davon ausgegangen, dass er als Anwalt mit Anfang dreißig, der seine eigene Kanzlei besaß, eine ganz gute Partie war. Doch ein Industrieller, der Geld wie Heu hatte, kurz vor seinem zweiten Herzanfall stand und seiner Angebeteten einfach so einen Maserati geschenkt hatte, war natürlich noch mal ein ganz anderes Level. Völlig harmlos hatten sie zunächst begonnen, sich zu unterhalten, weil sie die Einzigen waren, die um diese Zeit – nüchtern – an einer Bar saßen. Darüber, dass Hallie gerade das College abgeschlossen und sich für eine Assistenzstelle bei einem IT-Unternehmen beworben hatte. Darüber, dass Tom eine Kanzlei in Uptown hatte, hier einen Vortrag hielt und sich wie ein Idiot vorkam, weil er seinen Aufenthalt in Vegas nicht genießen konnte. Seine Exfreundin – eine Frau, die geschlagene fünfzehn Jahre älter war als er – hatte ihn vor Kurzem abgesägt. Nachdem er seine Verlobung mit einer jungen Ärztin gelöst und von all seinen Ersparnissen ein kleines Häuschen mit Garten in Queens gekauft hatte, in der er und seine Mrs. Robinson hatten einziehen wollen. Tom erzählte Hallie, dass seine Ex geschlagene drei Mal – für jeweils etwa zwei Wochen – zu ihm gezogen war. Doch schließlich hatte sie sich doch dafür entschieden, bei ihrem Ehemann zu bleiben. Einem stinkreichen Kerl, der ihr ein Leben bieten konnte, zu dem Tom nicht fähig war.

Hallie und Tom hatten sich die ganze Nacht über Gott und die Welt unterhalten, und als am nächsten Morgen die Sonne über Las Vegas aufging und die beiden den Sonnenaufgang von der Dachterrasse ihres Hotels aus beobachteten, war zwischen ihnen beiden alles klar. Sie waren als Singles nach Vegas gekommen und würden als Liebespaar zurück nach Manhattan fahren.

Seither waren die beiden ein Herz und eine Seele. Hallie war selbst nie der Typ Frau gewesen, für den von vornherein klar war, dass sie nach dem College heiraten und Kinder bekommen würde. Doch mit Tom war all das irgendwie

… so einfach, so klar. Ja, nach ihrem Abschluss hatte sie tatsächlich angefangen, als Assistentin des CEOs eines IT-Unternehmens zu arbeiten, und sich mittlerweile zur Leiterin der Verwaltungsabteilung hochgearbeitet. Doch wenn es so sein sollte, würde sie ihren Job für eine Familie mit Tom an den Nagel hängen, sobald sie verheiratet waren. Sie hätte es niemals für möglich gehalten, doch mit Tom Farlowe konnte sie sich tatsächlich vorstellen, Kinder zu haben. In dem Haus auf Long Island, das sie beide gemeinsam gekauft hatten, hatten sie sogar bereits Zimmer festgelegt, die einmal Kinderzimmer werden sollten. Und wenn Hallie mit sich ehrlich war, schien ihr das Leben als Soccermum an der Seite von Tom gar nicht mal so übel zu sein. Sie sah sich und Tom mit einem kleinen Mädchen und einem kleinen Jungen in ihrem Haus Barbecue veranstalten, sich zu Halloween verkleiden und hörte aufgeregt tapsige Füßchen, die am Weihnachtsmorgen die Treppen herunterkamen, um zu sehen, was Santa ihnen gebracht hatte. Ja. Hallie war sicher, sie war auf der Sonnenseite des Lebens gelandet. Mit Tom neben sich.

„Ich kann es auch kaum glauben", antwortete sie und trank einen Schluck Virgin Colada. Sie hatte an diesem Abend extra auf Alkohol verzichtet, weil sie am Tag ihrer Hochzeit wie eine strahlende Braut, aber mit Sicherheit nicht verkatert aus der Wäsche gucken wollte. Ungefähr einhundertmal hatte sie den Ablauf geprobt, wie er am nächsten Tag stattfinden sollte. Aufstehen um fünf Uhr früh, unter die Dusche, ein kleines, leichtes Frühstück einnehmen, damit sie den Tag gut überstand, danach die Stylisten begrüßen, sich aufbrezeln lassen und mit der Hilfe ihrer Brautjungfern das Kleid anziehen. Um zehn Uhr morgens sollte die Trauung dann auf einem Anwesen auf Long Island stattfinden. Und den Grundstein für ihr weiteres Leben legen. Auf ihrem Gesicht breitete sich ein Grinsen aus, das nahezu rundum zu gehen schien. „Tom ist … echt alles, was ich will. Ich kann mir nicht vorstellen, dass noch ein anderer Mann auf der Welt herumläuft, der mir emotional so viel gibt, wie Tom es tut."

„Du bist echt ein Glückskind, Hallie", sagte Tessa, Hallies Cousine. „Tom ist tatsächlich ein Volltreffer. Und ich bin immer noch echt sauer, dass er keine Brüder, sondern nur zwei Schwestern hat."

„Darauf trink ich." Maggie leerte ihr Glas. „Man sollte das Klonen viel schneller realisieren. Ich hätte nichts gegen meine ganz persönliche Version von Tom Farlowe." Sie kicherte.

„Es kommen morgen jede Menge von Toms Single-Kumpels aus der Kanzlei und von früher vom College. Außerdem Cousins und Sportfreunde. Ein paar Ärzte sind auch dabei", lockte Hallie ihre Freundinnen. „Würde mich wundern, wenn da nichts Passendes für euch dabei ist."

„Klingt zumindest schon mal nicht übel", meinte Tessa und prostete Hallie zu.

Im nächsten Moment klingelte es an der Tür.

„Das werden die Pizzen sein", sagte Hallie und stand auf. Als Abendessen hatte sie für sich und ihre Freundinnen eine Ladung Pizzen bestellt. Sie hatte sich vorgenommen, sich etwas zurückzunehmen, aber als sie aus dem Wohnzimmer kam, bemerkte sie, wie ein Grummeln sich in ihrem Magen ausbreitete. Sie ging durch den Flur und nahm ihr Portemonnaie von dem kleinen Beistelltisch neben der Tür. Sie schmunzelte, als sie die Tür öffnete.

„Wir haben einen Bärenhunger", sagte sie voller Enthusiasmus, doch vor ihr stand kein Pizzalieferant, sondern eine kleine, zierliche, ältere Dame, vermutlich in ihren Fünfzigern. Hallie überlegte. Sie hatte die Frau noch nie gesehen. War es möglich, dass sie in die Nachbarschaft eingezogen war und etwas von ihrer Mutter brauchte? Waren Hallie und ihre Freundinnen, die die Nacht über in Hallies Elternhaus verbringen würden, um dem Hochzeitsbrauch, der Bräutigam dürfe die Braut vor der Hochzeit nicht sehen, zu unterstützen, zu laut gewesen?

„Hallo, kann ich … Ihnen helfen?", fragte Hallie. Ein merkwürdiges Gefühl breitete sich in ihr aus. Irgendwie kam ihr diese Frau bekannt vor, doch sie wusste nicht woher. Am Ende war sie wirklich eine Nachbarin, die ihr irgendwann einmal unbewusst über den Weg gelaufen war. Seit Hallie zusammen mit Tom in Queens lebte, hatte sie den Überblick verloren, wer wann in welches Haus in der Lubbockstreet einzog und wer die Straße wieder verließ.

„Hallie Hollister?", fragte die Frau. Sie hatte eine reibeisenartige Stimme, die eigentlich überhaupt nicht zu ihrer zierlichen Erscheinung passte. Sie sah sie aus zusammengekniffenen Augen an.

„Ja?", fragte Hallie langsam und fast zaghaft. Dann schoss es ihr wie ein Blitz durch den Kopf. Sie wusste, wer die Frau war. Und plötzlich ging alles ganz schnell. Hallie realisierte jede einzelne Bewegung viel langsamer, als sie wohl tatsächlich geschah, doch im Nachhinein erinnerte sie sich an alles. An jedes noch so kleine Detail. An das Rauschen der Blätter im Wind, an den Duft des Parfums der Frau, das in ihr irgendwie Brechreiz auslöste. An ihre Hände, die sie an die Hände ihrer Großmutter erinnerten. Die Hände waren die Hände einer älteren Frau gewesen, und ihre faltigen Handrücken, auf denen Adern hervortraten, würde sie lange Zeit nicht vergessen können.

„Mein Name ist Uma Kenbrough. Und ich bin hier, um Ihnen zu sagen, dass die Hochzeit mit Tom morgen nicht stattfindet."

Uma Kenbrough. Alles in Hallies Kopf setzte sich jetzt zusammen. Diese Frau war Toms Exfreundin. Die, die dreimal bei ihm ein- und dann wieder ausgezogen war, weil sie doch lieber bei ihrem reichen Ehemann bleiben wollte. Die, die sich schließlich auf einen noch reicheren Industriellen eingelassen hatte. Und die, die jetzt offenbar wieder auf dem Plan stand.

„Ich habe mich nun doch entschieden, mich von meinem ersten Mann scheiden zu lassen, und meinen Freund in die Wüste geschickt. Tom und ich wagen einen Neuanfang", sagte Uma und zog etwas aus ihrer Hosentasche. Ein kleines Schmuckkästchen, in dem man für gewöhnlich Ringe aufbewahrte. „Tom hätte seinen Verlobungsring gerne wieder, das verstehen Sie doch, Kindchen, oder? Schaffen Sie es wohl, in den nächsten beiden Wochen Ihre Sachen aus Toms Haus zu schaffen? Wir machen eine kleine Reise nach Barbados und danach würde ich gerne fest bei ihm einziehen."

Hallie nahm die Worttirade der Frau vor ihr nur noch aus der Ferne wahr. Es kamen Worte aus ihrem Mund, doch sie konnte sie nicht mehr interpretieren. Und … es klang irgendwie so, als würde sie beiläufig von irgendwas sprechen. Nicht davon, dass Hallies Leben gerade zu einem Scherbenhaufen zersprang. Hallie sah an der Schulter der Frau vorbei zu dem Auto, das am Bordstein mit laufendem Motor parkte, und erkannte Tom darin sitzen. Hatte sie zunächst immer noch daran gedacht, dass das alles ja ein übler Scherz sein konnte – vielleicht von einer ihrer Cousinen oder ihren Freundinnen eingefädelt –, wurde ihr in diesem Moment bewusst, dass das hier die bittere Realität war. Niemand war so geschmacklos, sich einen derartigen Scherz mit ihr zu erlauben. Das, war hier gerade ablief, war das pure Leben in seiner vollen Härte. Dann wurde ihr übel. Sie spürte, wie ihre Knie weich wurden und langsam nachgaben, wie die Virgin Coladas, die sie getrunken hatte, sich langsam ihren Weg die Speiseröhre hoch suchten. Sie würde sich übergeben müssen.

Hallie schlug der Frau die Tür vor der Nase zu und stürzte ins Badezimmer, das sich zu ihrer rechten befand. Sie fiel vor der Kloschüssel auf die Knie und würgte.

„Hallie, Herrgott, was ist denn passiert?" Maggie und Tessa waren zu ihr ins Badezimmer gekommen und sahen sie entgeistert an.

„Ist alles in Ordnung? Du siehst ja schrecklich aus", stellte Tessa fest.

„Bist du etwa schwanger?", warf Maggie ein und deutete die Situation denkbar falsch.

Tränen liefen über Hallies Gesicht, und sie war nicht in der Lage, auch nur ein Wort zu sagen. Durch das geöffnete Fenster hörte sie, wie ein Wagen anfuhr und sich entfernte. Ihr Blick glitt zu dem hübschen Brillantring, der an ihrem linken Finger saß und der am nächsten Tag von dem Ehering Gesellschaft bekommen sollte, den sie und Tom vor einigen Wochen ausgesucht hatten. Langsam nahm Hallie den Ring ab.

HEUTE

Ihre Augen öffneten sich, als die Sonne über den Wolkenkratzern Manhattans aufging und die Stadt in weiches, diffuses Licht tauchte, sie fast unwirklich scheinen ließ, während sie auf dem Horizont hinaufkletterte, um die Stadt ein paar Stunden später in helles Licht zu tauchen.

Es dauerte einige wenige Augenblicke, bis sie völlig wach war. Langsam drehte sie sich auf den Rücken, streckte sich durch und versuchte, sich nicht zu sehr zu bewegen, um ihn nicht zu wecken. Sie sah ihn an. Ja, er hatte es sein müssen. Schon in den beiden Wochen zuvor, als sie nur über Tinder mit ihm kommuniziert hatte, hatte sie gewusst, wo das mit ihnen beiden hinführen würde. Er war unglaublich attraktiv, um nicht zu sagen „schön", auch wenn dieser Begriff einen Mann nicht unbedingt kleidete. So groß wie ein Hüne, hatte er dennoch sehr sanfte, weiche Gesichtszüge, kurzes, braunes Haar, sanfte, grüne Augen und wunderbar geschwungene Lippen. Er erinnerte sie ein bisschen an den Schauspieler Chris Pratt, der in der Neuauflage von Jurassic Park mitspielte und für den sie immer schon eine kleine Schwäche gehabt hatte. Sie schmunzelte. Ja. Es war toll gewesen mit ihm und er würde ihr vermutlich sogar fehlen. Sie würde ihre gemeinsamen Telefonate vermissen, die sie auf ihrem Wegwerfhandy geführt hatten, und seine Guten-Morgen-WhatsApp-Nachrichten. Das Gefühl, dass sie an ihn dachte just in dem Moment, als ihr Handy eine neue Nachricht von ihm vermeldete. Apropos Handy … sie würde ihre Wegwerfnummer, die sie ihm gegeben hatte, am besten noch in der U-Bahn auf dem Weg nach Hause deaktivieren und sich beizeiten eine neue besorgen müssen. Soweit sie wusste, waren in der Schublade unter der Küchenspüle noch eine ganze Reihe davon.

Chris war das perfekte Tinder-Date gewesen, das in einer perfekten Nacht gegipfelt hatte. Und an diese perfekte Zeit mit ihm würde sie sich auf ewig erinnern. Selbst während des Dates hatte sie es hin und wieder bereits bedauert, dass diese Sache zwischen ihnen nun bald vorbei war, aber so war es eben. So lief diese Sache. So war sie immer gelaufen und so würde sie auch dieses Mal laufen. Es würde andere Kerle geben. Mehr als genug. Noch einmal ließ sie ihren Blick über seine schlafende Gestalt gleiten. Er sah einfach sensationell gut aus und wusste sie zu berühren, wie es selten ein Mann vor ihm getan hatte. Die Nacht mit ihm, nein, die ganze Zeit mit ihm war unglaublich intensiv gewesen. Unter anderen Umständen … Sie schüttelte kurz den Kopf.

Sie kletterte behutsam aus dem Bett, um ihn nur ja nicht zu wecken, schlüpfte in ihr Kleid, das er ihr Stunden zuvor vom Körper gerissen und achtlos zu Boden geworfen hatte, und nahm ihre High Heels in die Hand. Dann tappte sie auf leisen Sohlen zur Tür. Wie gut, dass er Teppich in seinem Schlafzimmer verlegt hatte. Knarrende Bodendielen hatten oft schon in unangenehmen Situationen gegipfelt. Sie drehte sich noch einmal um und sah ihn an, wie er nichts ahnend den Schlaf der Gerechten schlief. Die Decke war bis zu seiner Hüfte hinabgerutscht und offenbarte seinen muskulösen Oberkörper und ein perfekt trainiertes Sixpack. Sie biss sich auf die Lippe. Chris war wirklich außergewöhnlich gewesen – in *jeder* Hinsicht. Kein versnobter Stadtschnösel, der sich für ein Gottesgeschenk an die Weiblichkeit hielt, sondern offen, ehrlich, herzlich und nett. Und ein großartiger Liebhaber. Für einen kurzen Augenblick überlegte sie, ihm einen Zettel mit ihrer Telefonnummer zu hinterlassen. Mit ihrer richtigen Telefonnummer. Vielleicht … könnten sie heute Abend etwas essen gehen oder … letzte Nacht wiederholen. Vielleicht konnte sie aus diesem Teufelskreis ausbrechen, etwas tun, was jeden Tag Millionen von Menschen überall auf der Welt taten. Sich noch einmal zu verabreden und ernste Absichten zu haben. Vielleicht war er anders als die anderen. Dann schüttelte sie den Kopf. Niemand war anders. Sie waren alle gleich. Und nur, weil er sie die letzten beiden

Wochen und vergangene Nacht wie eine Prinzessin behandelt hatte, bedeutete das noch lange nicht, dass er das auch jetzt tun würde, wo sie miteinander geschlafen hatten. Es würde bestimmt genauso enden, wie es immer endete bei solchen Dates, wenn die Frau nicht vorher die Reißleine zog. Der Jäger hatte die Beute erlegt und interessierte sich nun nicht weiter für sie. Er würde, um sich selbst vormachen zu können, ja doch ein toller, netter Kerl zu sein, den Kontakt vielleicht noch ein paar Tage halbherzig aufrechterhalten, ehe er sich dann mit einer fadenscheinigen Ausrede verabschiedete und sich aus der Affäre zog. Eigentlich war er genauso ein Mistkerl wie alle anderen Typen auch. Keiner von all den Typen, die sie in den letzten Jahren kennengelernt hatte, hatte die Eier gehabt, ihr zu sagen, was Sache war. Sie alle waren feige Mistkerle, die primär daran interessiert waren, einen wegzustecken. Nicht mehr und nicht weniger und auch Chris war einer von ihnen. Er konnte noch so nett, ehrlich, herzlich und offen sein, einmal würde der Tag kommen, an dem er sein wahres Gesicht zeigte. Zu lügen und betrügen anfing, eine Frau demütigte und sie schließlich vor den Scherben ihres Lebens stehen ließ. Nein, den Fehler, sich auf einen Mann einzulassen – voll und ganz auf ihn einzulassen, ihm ihr Herz zu öffnen und dadurch verletzbar zu werden –, würde sie nicht mehr machen.

Sie sah ihn noch einmal an, genoss seinen Anblick eine letzte Sekunde lang, saugte ihn auf, soweit es nur ging, drehte sich um und verließ sein Appartement.

eins

„Ich denke, als Nächstes werde ich diesen Tony daten", sagte Rebecca und warf einen Blick auf ihr Handy. Sie wischte ein paarmal auf dem Bildschirm herum, um sich weitere Fotos anzusehen. „Er sieht echt toll aus, findest du nicht?"

Hallie sah auf den Bildschirm. Ein muskulöser, tätowierter Schönling mit dunklen Haaren und blauen Augen starrte ihr lasziv entgegen. Ein Mann, der sich seiner Wirkung auf Frauen in jedem Fall bewusst war und den sie üblicherweise mit links abzuschleppen wussten. Mit den Jahren hatten sie ihre Taktik so ziemlich perfektioniert, und für gewöhnlich wäre Hallie Feuer und Flamme dafür gewesen, dass ihre beste Freundin ihn datete, doch heute war sie irgendwie nicht ganz bei der Sache.

„Ja, er ist toll."

„Er ist toll?" Rebecca sah ihre beste Freundin an, als wäre die von allen guten Geistern verlassen.

„Er ist heiß", versuchte es Hallie, doch Rebecca hatte die Lunte gerochen. Sie legte ihren Kopf schief und sah Hallie an.

„Was ist los mit dir?", fragte sie. „Doch nicht etwa dieser Kerl von gestern Abend, oder?"
Fast schuldbewusst sah Hallie ihre beste Freundin an. Es kam nicht oft vor, dass sie einem Kerl nach ihrem Date nachhing. Und wenn doch, dann wusste sie genau, wie sie diesen Anflug von Wehmut umgehen konnte.

„Ach, keine Sorge, er ist längst gelöscht, auf Tinder entmatcht und geblockt und die Wegwerfnummer ist deaktiviert. Es gibt keine Verbindung mehr zu ihm, und er denkt außerdem ohnehin, ich würde Amanda Marshall heißen."

„Amanda Marshall? Wie die kanadische Popmusikerin?" Rebecca kicherte. Sie und Hallie waren schon seit Jahren dazu übergegangen, ihren Dates keine echten Namen zu präsentieren. Echte Namen machten alles nur viel komplizierter, man war angreifbarer, privater … und vor allem auffindbarer. „Und … du denkst immer noch an ihn?"

„Er war echt nett. Aber anfangs sind sie das doch alle. Bis sie dich wegen einer anderen abservieren oder mit irgendwelchen fadenscheinigen Ausreden daherkommen, warum sie dich nicht wiedersehen können. Dieser Chris ist genauso ein mieses Arschloch wie seine Geschlechtsgenossen. Kein Drama. Ich bin ohnehin dabei, mich mit anderen abzulenken." Hallie wedelte mit ihrem Smartphone in der Luft herum. „Tinder sei Dank geht einem der Vorrat an Dates ja glücklicherweise nie aus."

Seit dem Abend, an dem Tom die Verlobung durch seine neue alte Freundin hatte lösen lassen, hatte Hallie es nicht mehr geschafft, sich auf eine feste Beziehung einzulassen. Es war fast so, als hätte Tom etwas in ihr zerbrochen, was sich nicht mehr kitten ließ. Und auch wenn sie es um nichts in der Welt zugegeben hätte, der Schmerz saß immer noch unglaublich tief. Nachdem die Hochzeit abgesagt worden war, hatte Hallie sich lange Zeit generell abgekapselt. Es hatte sich so angefühlt, als würde ihr die Energie förmlich abgezogen werden, als sie im Beisein ihrer Eltern und ein paar Freunden ihre Habseligkeiten aus dem Haus holte, das sie und Tom gemeinsam hatten bewohnen wollen. Das, was ihr am Tag vor ihrer geplatzten Hochzeit passiert war, war unglaublich gewesen. Nicht nur dass Tom seine Freundin vorgeschickt hatte, um die Verlobung aufzulösen, hatte sie im Nachhinein auch noch erfahren, dass die Sache zwischen ihm und seiner neuen Flamme schon seit über einem Jahr lief. Offenbar hatte diese Uma Kenbrough Tom seinerzeit aufgesucht, weil sie ihn als Anwalt in Bezug auf ihre Scheidung buchen wollte. Hallie hatte er davon nichts erzählt. Auch nicht, dass er Uma hin und wieder zum Kaffeetrinken traf, aus dem Kaffee irgendwann einmal ein Abendessen wurde. Und ganz bestimmt hatte er Hallie nicht von jenem Abend erzählt, an dem er Uma in ihrer Massagepraxis – sie verdingte sich zum Zeitvertreib als Shiatsu-

Masseurin – gevögelt hatte. Während Hallie nichts ahnend und naiv zu Hause gesessen hatte. Über ein Jahr hatte Tom sein Doppelleben aufrechterhalten, und über ein Jahr war Hallie so blöd gewesen und hatte nichts bemerkt. Am Abend vor der Hochzeit war es dann doch so weit gewesen, dass Tom, den sie immer für liebevoll und aufrichtig gehalten hatte, der aber in Wirklichkeit nur ein mieser Feigling war, sich entscheiden musste. Und seine Entscheidung auf eine Frau fiel, die fast zwanzig Jahre älter war als er selbst.

Nach der Trennung war Hallie in ihr altes Kinderzimmer bei ihren Eltern gezogen, hatte die Tage damit verbracht, im Bett zu liegen und fernzusehen, und war immer und immer wieder von Heulkrämpfen gebeutelt worden. Sie hatte einfach nicht verstehen können, wie jemand, der ihr fast jeden Tag mehrfach sagte, wie sehr er sie liebte, ihr so derart wehtun konnte. In dieser Zeit hatte Hallie geglaubt, dass sie sich nie wieder auch nur ansatzweise für einen Mann interessieren würde. Nach über einem Jahr, als der Schmerz langsam, aber sicher erträglicher geworden war und es Tage gab, an denen sie ihn komplett ausblenden konnte, hatte sie schließlich heimlich, still und leise den Versuch gewagt und sich auf einer Singleplattform im Internet angemeldet. Damals hatte es sich so angefühlt, als würde etwas in ihr neu erwachen. Sie war vierundzwanzig Jahre alt gewesen und noch zu jung, um sich wie eine Nonne zu verhalten. Und das Glück schien auf ihrer Seite zu sein. Kurz nachdem sie ihr Profil online gestellt hatte, hatte sie nicht nur über zweihundert Zuschriften erhalten, sondern auch Sean kennengelernt, einen Fotografen aus Boston, mit dem sie die ersten paar Wochen nur telefonierte und der ihr zum ersten Mal wieder das Gefühl gab, wertvoll zu sein und geliebt werden zu können. Sean war es, der ihr sagte, er würde sich bereits jetzt mit ihr verbunden fühlen, er würde Gefühle für sie entwickelt haben, von denen er gar nicht mehr geglaubt hatte, dass er sie empfinden konnte. Der schon nach wenigen Wochen am Telefon mit ihr Pläne für die Zukunft schmiedete, die sich unglaublich gut anfühlten. Und er war es auch, bei dem Hallie tatsächlich dachte, dass die Sache mit Tom damals ihren Sinn gehabt hätte. Wollte sie es sich zunächst noch gar nicht selbst eingestehen, wurde ihr von Tag zu Tag bei Sean bewusster, dass er möglicherweise der Richtige für sie sein konnte. Dass Tom einfach hatte passieren müssen, weil sie Sean erst zu diesem Zeitpunkt begegnen konnte. Und so verabredeten sie sich zu einem ersten Treffen in Connecticut, bei dem sie die Nacht miteinander verbrachten. Eine Nacht, in der Sean Hallie sagte, er würde sie lieben und sie wäre genau die Frau, die er immer schon gesucht hatte.

Sie verabredeten sich für das kommende Wochenende, das Sean bei Hallie verbringen sollte, und verabschiedeten sich mit einem innigen, leidenschaftlichen Kuss, der Hallie für all die Dinge, die Tom ihr angetan hatte, entschädigte. Als Hallie dann auf dem Nachhauseweg von Hartford war, traf eine SMS von Sean mit folgendem Text ein, der sich in ihr Hirn einbrannte und den sie nie mehr wieder vergessen würde:

„Es tut mir sehr leid. Ich bin noch nicht bereit für eine Beziehung. Ich kann einfach nicht."

Daraufhin blockierte Sean Hallies Nummer und war ab sofort nicht mehr erreichbar. Im Nachhinein gesehen war dies möglicherweise – mit der Sache, die Tom abgezogen hatte – der Grundstein für die Einstellung, die Hallie sich bald darauf aneignen sollte.

Nachdem sie zwei weiteren Kerlen auf so ziemlich dieselbe Tour auf den Leim gegangen war, beschloss Hallie, den Spieß umzudrehen. Die Männer, die heutzutage unterwegs waren, waren offenbar nicht mehr für feste Beziehungen zu haben. Aufgrund des Internets waren sie sich alle darüber klar geworden, dass ein Überangebot an datewilligen Frauen bestand. Warum also sollte man sich auf eine festlegen, wenn man Hunderte haben konnte. Hallie beschloss, sich nicht länger von Männern veralbern zu lassen. Sie würde in Zukunft nicht mehr diejenige sein, die sich das Herz von irgendwelchen dahergelaufenen Typen würde brechen lassen. Sie würde Kerle daten, ihnen eine heile Welt vorspielen, vielleicht eine heiße Nacht mit ihnen verbringen und sie nach dem ersten Date so eiskalt abservieren, wie die Kerle es bislang bei ihr getan hatten. Sie würde ihnen falsche Telefonnummern und falsche Namen auftischen, falsche Lebensgeschichten erfinden und einfach ihren Spaß mit ihnen haben. Für eine Nacht. Nicht mehr und nicht weniger.

„Ich muss dann los, Dan und ich treffen uns später im Kino. Wart nicht auf mich", sagte Rebecca. In ihrer Bürokollegin, mit der sie gemeinsam die Abteilung für Jugendschutz und Kindersicherheit im Netz leitete, hatte sie eine beste Freundin gefunden, die es mit Beziehungen und Dates genauso hielt wie Hallie selbst. Ein paar Stunden Spaß mit einem Kerl war völlig gerechtfertigt. Aber alles darüber hinaus ein absolutes No-Go.

„Okay. Ich fahr dann auch. Meine Eltern haben mich zum Essen eingeladen und im Anschluss daran nehme ich Jackie mit in die City. Sie hat heute ein Date mit einem Typen vom College. Im Augenblick hängt der Himmel voller Geigen."

„Deine Schwester gerät aber überhaupt nicht nach dir, wenn sie bereits das dritte Date mit ein und demselben Typen hat." Rebecca lachte, während sie in einem kleinen Handspiegel ihr Make-up überprüfte.

„Mit achtzehn habe ich die Welt auch noch mit anderen Augen gesehen. Für Jackie besteht also noch Hoffnung", rief Hallie ihrer besten Freundin und Mitbewohnerin nach, die kurz darauf die Tür hinter sich ins Schloss fallen ließ.

***

„O Hallie, du kannst dir nicht vorstellen, wie großartig Todd ist", säuselte Jackie später an diesem Abend, während ihre große Schwester auf ihrem Bett saß und ihr dabei zusah, wie sie sich zurechtmachte. Hallie konnte sich ziemlich gut vorstellen, wie großartig Todd war, weil Jackie sie an sich selbst erinnerte, als sie in ihrem Alter gewesen war. Jeder Kerl war der beste, tollste und perfekteste gewesen, den sie öfter als einmal gedatet hatte. Mit jedem Einzelnen von ihnen hatte sie sich insgeheim vor dem Traualtar gesehen und jeder Einzelne von ihnen war eigentlich ein richtiger Mistsack gewesen.

„Vermutlich nicht", sagte sie trotzdem.

„Er sieht so gut aus. Und er ist so nett. Und so liebevoll. Und er hat so großartige Augen. Und er hat Humor und …"

„Sag mir einfach Bescheid, was für ein Kleid ich bei der Hochzeit tragen soll." Hallie lachte. Sie vergönnte es ihrer Schwester, so bis über beide Ohren verliebt zu sein, fürchtete allerdings schon jetzt den Moment, wenn Todd sein wahres Gesicht zeigte. Was er unweigerlich eines Tages tun würde. Wie jeder Kerl auf diesem Planeten.

„Todd hat übrigens einen Bruder", säuselte Jackie weiter, „der in deinem Alter ist und irre gut aussehen soll. Außerdem ist er Arzt."

„Schön für den Bruder", sagte Hallie gelangweilt. Sie war es mittlerweile gewohnt, dass ihre Mutter versuchte, sie mit Männern zu verkuppeln. Dass es ihre Tanten taten und dass sogar ihr Vater es einmal versucht hatte, als ein neuer Kollege bei ihm im Büro angefangen hatte. Dass ihre Schwester jetzt auch damit anfing, war neu.

„Ach, komm schon, Hallie, wäre es nicht großartig, wenn wir beide uns mit einem Brüderpaar verabreden würden? Wir könnten ins Kino, und die beiden könnten zum Barbecue kommen, wir können gemeinsam verreisen und …"

„Stopp … bevor wir eine Doppelhochzeit feiern." Hallie lachte. „Danke, dass du den Bruder für mich aufgerissen hättest, aber ich hab keinen Bedarf."

„Echt nicht? Hast du etwa jemanden kennengelernt?"

„Ich lerne ständig Menschen kennen."

„Du weißt, was ich meine. Gibt es einen Mann in deinem Leben?" Jackie sah ihre große Schwester neugierig an.

„Nein", entgegnete die gleichgültig.

„Mum sagt, dass sie sich mittlerweile Sorgen um dich macht."

„Was?"

„Ja. Weil du so lange keinen festen Freund mehr hattest. Ich meine, ich kann mich an Tom gar nicht mehr so gut erinnern, weil ich damals ja erst acht Jahre alt war, aber … er war doch nicht der Nabel der Welt, oder?"

Hallie sah ihre jüngere Schwester an. Es würde keinen Sinn machen, Jackie, die fünfzehn Jahre jünger war als Hallie, zu erklären, was Tom damals mit ihr angerichtet hatte. Und dass Sean, Ben und Alex, und wie sie alle hießen, noch fest nachgetreten hatten, nachdem Hallie wieder bereit war, sich neu zu verlieben.

„Wenn mir der Richtige begegnet, werde ich das schon bemerken, Schwesterchen", wiegelte sie daher ab. „Aber danke, dass du dir um mein Beziehungsleben solche Gedanken machst." Sie stand auf. „Bist du dann so weit?"

Jackie betrachtete sich noch einmal im Spiegel und drehte sich um sich selbst.

„Ich bin so weit." Sie lächelte.

zwei

Als Hallies Telefon um zwei Uhr morgens zu klingeln begann, war sie in absoluter Alarmbereitschaft. Anrufe, die um diese Uhrzeit ankamen, verhießen niemals etwas Gutes. Schon Ted Mosby hatte in „How I met your Mother" gesagt, dass nach zwei Uhr morgens niemals etwas Gutes passierte. Und als in dieser Nacht ihre Mutter anrief, rutschte Hallies Herz in die Hose.

„Mum? Was ist los?", fragte sie verschlafen, nachdem sie abgenommen hatte.

„Es ist Jackie. Sie und dieser Junge hatten einen Unfall." Meredith Hollister klang fast hysterisch.

„Was? Sind sie verletzt?" Jetzt war Hallie hellwach. Sie vernahm Schnäuzen, Weinen und Schniefen, konnte jedoch keine sinnvollen Informationen aus ihrer Mutter herausholen.

„Mum? Was ist mit Jackie? Wo ist sie?", drängte Hallie, doch am anderen Ende der Leitung hörte sie außer Schluchzgeräuschen erst einmal gar nichts.

„Hallie? Liebes, hier ist dein Vater. Deine Mutter kann im Moment nicht sprechen", meldete sich Stephen Hollister. Auch er wirkte unglaublich aufgewühlt und mit den Nerven am Ende, schaffte es aber doch, zumindest einige Informationen zu geben. „Jackie und Todd sind von einem Auto gerammt worden. Sie sind beide verletzt und ins Manhattan Memorial gebracht worden. Wir sind schon auf dem Weg, aber da du näher dran bist …“

„Klar, ich bin unterwegs, Dad“, sagte Hallie und war hellwach. „Sobald ich etwas weiß, melde ich mich. Wir sehen uns dann da.“

Der Wartebereich des Manhattan Memorial war um diese Uhrzeit nicht sehr stark frequentiert. Hallie nahm aus den Augenwinkeln ein paar Personen wahr, die darauf warteten, aufgenommen zu werden. Ein Mann hatte einen provisorischen Verband um seine rechte Hand gewickelt, ein anderer hielt sich den Bauch, und eine Frau wirkte, als wäre sie grundsätzlich nur etwas verwirrt. Hallie ging auf den Empfangsschalter zu, hinter dem eine Mittfünfzigerin in buntem Kittel und mit dunklen Locken saß und sie müde ansah.

„Kann ich Ihnen helfen?“

„Mein Name ist Hallie Hollister. Meine Schwester Jackie Hollister müsste vor Kurzem hierhergebracht worden sein.“

„O ja. Der Autounfall. Dr. Harris ist gerade bei ihr und sieht sie sich an. Er kommt dann zu Ihnen, wenn er fertig ist, nehmen Sie dort drüben Platz und warten Sie auf ihn.“

„Vielen Dank." Hallie setzte sich. Sie hatte tausend Fragen und hätte die Empfangsdame am liebsten damit gelöchert, aber ihr war klar, dass das keinen Sinn machte. Die Frau am Empfang wusste genauso wenig wie sie selbst. Und wenn sie es sich mit ihr verscherzte, dann konnte das auch nicht Sinn der Sache sein. Etwas Müdigkeit überkam sie. In der letzten Nacht hatte sie – ihrem Tinderdate sei Dank – nicht sehr viel Schlaf abbekommen und in dieser war sie ebenfalls viel zu früh aus den Träumen gerissen worden. Sie ließ sich auf einen der Plastikstühle im Wartebereich fallen und zog ihr Handy heraus. Im Augenblick gab es keinen Kandidaten auf den zahlreichen Datingportalen, die sie nutzte, mit dem sie sich ernsthaft würde treffen wollen. Das mit den Dates war schon verrückt. Manche Kerle schafften es, ihr in den paar Wochen, bevor sie sie traf, tatsächlich das Gefühl zu vermitteln, geliebt zu werden. Alles war irgendwie besser, wenn sie einen Kerl am Haken hatte. Dieses Gefühl, jemandem … so ungefähr das Wichtigste in dem Moment zu sein, genoss sie. Und es war auch die einzige Möglichkeit, wie sie zumindest etwas so Ähnliches wie „Liebe" erfahren konnte. Doch sie war realistisch genug, um zu wissen, dass diese Schmetterlinge im Bauch nicht für immer blieben. Und der Schmerz, der dann von einem Besitz ergriff, viel hartnäckiger war als jedes Verliebtheitsgefühl, das sie sich vorstellen konnte. Sie dachte kurz an Chris. Ob er wohl versucht hatte, sie zu erreichen, nachdem sie sich aus seiner Wohnung geschlichen hatte? Hin und wieder beschlich sie schon der Gedanke, dass einer der Kerle, die sie gedatet und bei denen sie sich aus dem Staub gemacht hatte, vielleicht für mehr getaugt hätte als für nur eine Nacht. Chris war so ein Fall. Ob er also enttäuscht war, dass sie einfach so gegangen war? Oder ob es ihm nur recht war, dass sie mir nichts, dir nichts aus seinem Leben verschwunden war? Hatte er zu diesem Zeitpunkt gerade eine neue Tinderella an der Angel, der er all die netten Dinge sagte, die er ihr noch vor ein paar Tagen zugeflüstert hatte? Schwachsinn. Warum machte sie sich überhaupt Gedanken um Chris? Er war Vergangenheit und die Zukunft steckte irgendwo da drin in einer ihrer Dating-Apps.

Hallie wurde aus ihren Gedanken gerissen, als einige Zeit später Lärm aus dem Eingangsbereich zu hören war. Es klang, als würde eine Schwerverletzte hereintransportiert werden, deren Stimme Hallie nur zu gut kannte. Sie sah auf. Ihre Mutter und ihr Vater waren gerade an dem Informationspult angekommen und ihre Mutter greinte in irgendeinem unverständlichen Kauderwelsch die diensthabende Krankenschwester mit dem bunten Kittel und den dunklen Locken an.

„Mum, Dad", sagte Hallie, als sie auf ihre Eltern zugelaufen war. Ihre Mutter riss sie in die Arme.

„O Kind, weißt du, was mit Jackie los ist? Diese Krankenschwester meinte, der Arzt wäre noch bei ihr, aber … so lange? Was muss sie denn Schlimmes haben, dass er sie so lange untersuchen muss? Wir sind fast eine Stunde von Long Island hierher gefahren und der Arzt untersucht sie immer noch."

„Mum, wenn es etwas Schlimmes wäre, hätte man uns längst benachrichtigt", relativierte Hallie, während Stephen Hollister, dem ebenfalls die Farbe aus dem Gesicht gelaufen zu sein schien, seine Frau in den Arm nahm. „Es wird eben eine Weile dauern, bis die Untersuchung durch ist. Immerhin müssen auch Röntgenbilder angefertigt und ausgewertet werden."

„Aber … über eine Stunde …", klagte Meredith und vergrub ihr Gesicht an der Schulter ihres Mannes.

„Was ist denn überhaupt passiert?", fragte Hallie ihren Vater.

„Ich weiß es nicht genau", antwortete der erschöpft. Gemeinsam gingen sie hinüber zu der Insel aus Plastikstühlen im Wartebereich. „Offenbar hat jemand ihr Auto derart gerammt, dass sie beide von der Straße abgekommen und einen Hang hinuntergefallen sind", sagte Stephen. Hallie zog sich der Magen zusammen. Sie hatte zunächst angenommen, dass es sich bei dem Unfall nur um eine Kleinigkeit handelte, einen minimalen Zusammenstoß etwa, oder einen Auffahrunfall, bei dem Jackie eine Halskrause davontrug.

„Großer Gott", sagte Hallie. Jetzt konnte sie nachvollziehen, warum ihre Mutter so derart aufgelöst war.

„Mr. Hollister? Mrs. Hollister?" Ein junger Arzt war auf sie zugekommen. Er war groß und schlaksig, hatte braune Haare und eine übergroße Brille. Mit seinen abstehenden Segelohren wirkte er wie eine Karikatur eines Mediziners. Hallies Eltern sahen auf.

„Ich bin Dr. Jones, Assistenzarzt im Manhattan Memorial", begann er. „Ihrer Tochter Jackie geht es den Umständen entsprechend gut. Sie hat eine leichte Gehirnerschütterung und ihr rechter Arm ist gebrochen. Aber ansonsten ist sie mit dem Schrecken davongekommen. Dr. Harris wird den Arm noch eingipsen, danach können Sie bestimmt einen kleinen Moment zu ihr."

Hallie fiel ein Stein vom Herzen. Eine Gehirnerschütterung und ein gebrochener Arm waren ein verschmerzbarer Tribut für einen derartigen Unfall. Sie hoffte, dass auch Todd so glimpflich davongekommen war, wagte aber nicht, Dr. Jones nach ihm zu fragen. Bestimmt würde er ihr ohnehin keine Auskunft geben dürfen, sie war ja immerhin keine Verwandte. Sie fand es merkwürdig, dass Todds Eltern nicht hier waren. Andererseits lebten die irgendwo in Idaho, soweit Hallie sich an Jackies Erzählungen erinnern konnte. Und sein Bruder war Arzt. Also war er so gesehen in den besten Händen. Dass der Arzt-Bruder jedoch noch nicht einmal hier war, um sich um seinen

Bruder zu kümmern, fand sie sehr befremdlich. Hätte er nicht ebenfalls hier sein müssen und bangend darauf warten, dass er darüber informiert wurde, wie es Todd ging? Oder war er längst hinter den Kulissen verschwunden, weil er als Gott in Weiß Zutritt zu Bereichen in diesem Krankenhaus hatte, die Normalsterblichen verwehrt blieben? Hallie hoffte auf jeden Fall inständig, dass auch Todd nichts Gröberes zugestoßen war, und nahm mit ihren Eltern auf den Plastikstühlen Platz. Keiner sagte ein Wort, aber Stephen und Meredith wirkten jetzt bereits etwas gefasster.

Eine Weile später stand Hallie auf. Die Müdigkeit übermannte sie fast, und wenn sie sich jetzt nicht etwas bewegte und zusah, dass sie an Koffein kam, würde sie vermutlich einschlafen.

„Ich hol mir was zu trinken, wollt ihr auch was?", fragte sie. Ihre Eltern sahen sie an.

„Bringst du mir einen Kaffee, Schatz?", fragte Stephen.

„Klar, Dad. Mum, möchtest du auch einen?"

„Ja, bitte."

„Okay. Ich glaube, in dem Gang dort hinten habe ich einen Kaffeeautomaten entdeckt", sagte Hallie und ging davon. Sie war völlig übermüdet und hoffte inständig, dass die Getränkeautomaten im Krankenhaus nicht nur Kaffee anzubieten hatten, den sie nicht trank. Man konnte an einer Hand abzählen, wie oft Hallie Hollister in ihrem Leben Kaffee getrunken hatte. Sie konnte mit dem bitteren Geschmack überhaupt nichts anfangen und schaffte es nur, Kaffee hinunterzubekommen, wenn der mit viel Milch und noch mehr Zucker versetzt war. Ihr Vater meinte immer, Hallie wäre der Typ, der Zucker mit Kaffeegeschmack bevorzugte. Jetzt dürstete es sie nach einer Dose zuckerfreiem Red Bull. Oder notfalls Coke Light, wenn Red Bull nicht zu haben war. Außerdem verspürte sie ein leichtes Grummeln in ihrer Magengegend und die Lust auf etwas Süßes.

Etwa zwanzig Minuten später kam sie zurück in den Wartebereich. Sie hatte eine halbe Odyssee durch das Krankenhaus hinter sich. Natürlich hatte der Automat im nächsten Gang keinen Kaffee mehr gehabt und war nicht nachgefüllt worden. So hatte Hallie sich durch wirre Gänge und weitere Gebäude arbeiten müssen, um irgendwo im Personalbereich – sie selbst wusste gar nicht, wie sie dort überhaupt hingekommen war – ein Snackautomatenparadies zu entdecken. Es gab Kaffeeautomaten, Süßigkeitenautomaten, Getränkeautomaten und sogar Automaten mit Sandwiches. Hallie war ihr ganzes Kleingeld losgeworden und hatte sich gefühlt wie ein Kind im Süßwarenladen. Sie hatte Kaffee für ihre Eltern und Red Bull für sich gekauft. Außerdem eine Tafel Hershey's-Schokolade, Reese's Pieces, eine kleine Tüte Chips, zwei Sandwiches und eine Tasse heißer Suppe, über die ihre Mutter sich bestimmt freuen würde. Voll bepackt wie ein Lastenesel kam sie in den Wartebereich zurück, wo sie ihre

Eltern bei einem großen Mann mit weißem Kittel stehen sah. Das musste Dr. Harris sein. Aufgeregt stellte sie ihre Einkäufe auf einem der Plastikstühle ab und gesellte sich zu der kleinen Gruppe.

„… glatter Bruch. Nichts Dramatisches. Sie braucht etwas Schonung und zwei, drei Tage Bettruhe. Über Nacht würde ich sie gerne hierbehalten, aber es spricht nichts dagegen, wenn Sie sie Morgen Vormittag abholen", sagte der Arzt in dem Moment, als Hallie neben ihrem Vater zu stehen kam. Diese Stimme … kam ihr unglaublich bekannt vor. Nur wusste sie im Moment noch nicht genau, wo sie sie schon einmal gehört hatte. Sie sah dem Arzt ins Gesicht und im nächsten Moment fiel es ihr wie Schuppen von den Augen. Dr. Harris war ihr One-Night-Stand von letzter Nacht. Chris. Dr. Harris war Chris. Ihre Augen trafen sich in jenem Moment, in dem Hallie klar wurde, dass sie sich da in ein ziemliches Desaster hineinmanövriert hatte. Tausend Gedanken brachen über sie herein. Was sollte sie jetzt tun? Sie wünschte, sie wäre von der anderen Seite gekommen und hätte Chris gesehen, bevor er sie entdeckt hatte. Aber jetzt hatte sie ja überhaupt keine Möglichkeit, ihm noch zu entkommen. Es war fürchterlich. In all den Jahren, in denen sie diese Tinder-Sache schon durchzog, war es ihr noch nie passiert, dass sie einem ihrer One-Night-Stands noch einmal begegnet war. Und schon gar nicht war sie ihm so in die Arme gelaufen wie Chris eben.

„Amanda, was machst du denn hier?", fragte Chris überrascht. Er konnte die Situation überhaupt nicht einschätzen.

„Hallie, das ist Dr. Harris, er sagt, deiner Schwester geht es gut. Morgen können wir sie heimholen", sagte Meredith überglücklich, die in all der Aufregung gar nicht bemerkt hatte, was zwischen dem Arzt und ihrer Tochter gerade ablief.

„Hallie?", fragte Chris verwirrt.

„Wer ist Amanda?", fragte ihr Vater im selben Moment. Hallie wäre am liebsten in Ohnmacht gefallen. Oder noch besser. Tot auf dem Linoleumboden des Krankenhauses zusammengebrochen. Das hier war die größte Blamage, die sie sich überhaupt vorstellen konnte.

„Hallie?", fragte Chris noch einmal verwirrt.

„Sie müssen unsere Tochter verwechseln", sagte Meredith, die offenbar etwas beruhigter und wieder im Verkuppelungsmodus war. „Sie heißt nicht Amanda, ihr Name ist Hallie. Aber sie ist Single und zu haben. Sie ist wirklich eine gute Partie, wissen Sie? Sie arbeitet für ein großes IT-Unternehmen und ist dort für die Abteilung Kinder- und Jugendschutz im Netz zuständig. Das heißt, dass sie Webseiten abgrast und prüft, ob die irgendeine Gefährdung für Kinder und Jugendliche darstellen. Sie ist also unabhängig, ungebunden und ein ganz toller Fang. Haben Sie im

Moment jemanden, Dr. Harris?" Hallie wäre am liebsten im Erdboden versunken, als ihre Mutter sie ihrem One-Night-Stand anpries wie eine heilige Kuh. Wenn Chris sie jetzt auffliegen lassen würde, würde sie auswandern. All die Jahre über hatte sie es geschafft, ihr geheimes Leben als Frau, die sich die Männer einfach so nahm, wie sie sie haben wollte, geheim zu halten, ohne dass ihre Eltern oder ihr Umfeld etwas davon mitbekam. Würde Chris ihren Eltern jetzt eröffnen, dass ihre Tochter mit ihm in der vergangenen Nacht geschlafen, ihm einen falschen Namen aufgetischt hatte und unter ihrer Handynummer plötzlich nicht mehr erreichbar war, würde ihr gesamtes Lebenskonstrukt wie ein Kartenhaus zusammenfallen.

Chris sah Hallie ungläubig an. Es wirkte, als müsse er erst einige Verbindungen in seinem Gehirn zusammenfügen, um die Angelegenheit als das große Ganze wahrzunehmen, das sie eigentlich war. Hallie bemerkte, wie sein Blick sich verhärtete. Sie hatte eher damit gerechnet, dass Chris peinlich berührt gewesen war, ihr hier auf diese unkonventionelle Art und Weise wieder zu begegnen. Dass er Angst hatte, Hallie würde ein zweites Date wollen und sich Hoffnungen auf eine Beziehung mit ihm machen, doch er wirkte sauer. Seine Augen verengten sich zu Schlitzen und sein Blick wurde hart.

42

„Ich muss jetzt leider weiterarbeiten, Mr. und Mrs. Hollister", sagte er, „sollten Sie noch Fragen haben, steht Ihnen unser Personal jederzeit gerne zur Verfügung. Wie gesagt, Jackie ist ab morgen Vormittag abholbereit. Am besten, Sie rufen an, bevor Sie sie abholen, damit nicht unnötige Wartezeiten entstehen." Chris reichte Hallies Eltern die Hand, übersah dafür aber Hallie.

„Danke, Dr. Harris, Sie haben uns sehr geholfen", sagte Stephen.

„Keine Ursache." Chris wandte sich ab. „Noch einen schönen Abend … Amanda", zischte er, als er an Hallie vorbeiging.

Todmüde ging Hallie an der Seite ihrer Eltern auf den Ausgang des Krankenhauses zu. Mittlerweile war es fast fünf Uhr morgens, und sie war heilfroh, dass Sonntag war und sie nicht ins Büro musste. Sie beschloss, an diesem Morgen auszuschlafen, komme, was wolle. Sie wollte nur noch zurück nach Hause und in ihr Bett und schickte ein Stoßgebet zum Himmel, dass sie so nah am Krankenhaus war, dass sie nur etwa zwanzig Minuten nach Hause benötigen würde.

„Warum hat dieser Arzt dich Amanda genannt?", fragte ihre Mutter, als sie durch die automatischen Türen gingen. Die Sonne über Manhattan hatte bereits angefangen, aufzugehen.

„Was?" Hallie versuchte, etwas Zeit zu gewinnen, indem sie sich einfach dumm stellte. Sie hatte keine große Lust, mit ihrer Mutter über ihren One-Night-Stand zu diskutieren. Außerdem musste sie selbst über sein Verhalten nachdenken. Er hatte sauer und beleidigt gewirkt. In all den Jahren, in denen Hallie nun tat, was sie tat, hatte sie eigentlich nie darüber nachgedacht, wie die Männer sich fühlen mussten, wenn sie morgens aufwachten und bemerkten, dass sie nur benutzt worden waren. Sicher, einige von ihnen waren bestimmt heilfroh, dass ihre Gespielin der letzten Nacht einfach verschwand, ohne ein gemeinsames Frühstück, ein zweites Date oder einen Heiratsantrag zu erwarten. Aber … wie viele Kerle hatte Hallie wohl schon so vor den Kopf gestoßen, wie es zweifellos mit Chris der Fall gewesen sein musste?

„Dieser attraktive Arzt. Er hat dich Amanda genannt", sagte Meredith nachdrücklich. „Kennt ihr euch etwa?"

„Wenn sie sich kennen, warum sollte er sie dann Amanda nennen?", fragte Stephen. „Dann müsste er doch wissen, dass sie Hallie heißt."

„Er hat sie aber Amanda genannt."

„Ja, das hab ich auch gehört."

„Also, Hallie, warum hat dieser attraktive Arzt dich Amanda genannt?" Meredith ließ nicht locker.

„Vermutlich hat er mich mit jemandem verwechselt", meinte Hallie und hoffte, dass ihre Eltern nicht weiter nachbohrten.

„Ja, vermutlich", gab sich Meredith zufrieden. „Ob er wohl vergeben ist? Ich habe keinen Ring an seinem Finger gesehen."

„Müssen Ärzte die Ringe nicht abnehmen, wenn sie arbeiten?", fragte Stephen. „Immerhin stellt so ein Ring ja ein enormes Hygienerisiko dar. Ich will mir gar nicht vorstellen, was für Keime und Bakterien sich daran festsetzen können."

„Stimmt, da hast du recht. Mit den Bakterien und mit Dr. Harris. Er ist bestimmt vergeben. Ein Mann wie er hat eine Frau, ein Häuschen im Grünen, zwei entzückende Kinder und einen Hund", sagte Meredith. „Ach, Hallie, ich würde mir für dich auch so einen Mann wie diesen Dr. Harris wünschen."

Hallie grübelte. Was ihre Mutter wohl davon halten würde, dass der perfekte Dr. Harris ziemlich unanständige Dinge mit ihrer Tochter angestellt hatte ... vor noch nicht einmal achtundvierzig Stunden?

Die ganze Heimfahrt über ging Hallie das Aufeinandertreffen mit Chris nicht mehr aus dem Kopf. Warum hatte er so ... schockiert gewirkt, als er erfahren hatte, dass sie Hallie war und nicht Amanda? Klar, sie selbst würde vermutlich auch erst mal schlucken, würde sie erfahren, dass jemand sie an der Nase herumgeführt hatte. Aber Chris hatte beinahe so getan, als habe sie Staatsgeheimnisse ausgeplaudert oder so.

Als sie zu Bett ging – draußen war es schon hell geworden, sodass sie die Jalousien an ihrem Fenster ganz zugemacht und zusätzlich auch noch die Vorhänge zugezogen hatte –, wurde ihr klar, dass es das erste Mal war, dass es ihr so viel bedeutete, was ein Mann dachte. Und warum er wie reagierte. Für eine Frau mit Hallies Lebenswandel war das eine absolut üble Sache. Sie drehte sich auf den Bauch – ihre Lieblingsschlafposition – und dämmerte fast umgehend weg. Mit Chris' Gesicht vor ihrem geistigen Auge.

drei

„Hör mal, Luke, du bist sicher ein toller Kerl.
Und du siehst gut aus. Aber ich denke, das mit
uns beiden heute Nacht wird nichts. Wenn du
magst, kannst du die Nacht hier ja allein verbringen. Das Zimmer ist ja schon bezahlt." Sie stand
auf und packte ihre Tasche. Bei Dates, die sie
nicht zu sich nach Hause einluden, hatten sie und
Becky es sich zur Angewohnheit gemacht, in
einem Hotel einzuchecken. Wobei es äußerst selten vorkam, dass sie ein Date mit nach Hause
nahmen. Das waren meist nur Kerle, die ohnehin
nicht in der Stadt wohnten und New York am
nächsten Tag auf Nimmerwiedersehen verlassen
würden.

Das „Simply Stay"-Hotel in der Nähe des
Times Square bot sich dazu bestens an. Das Hotel
hatte ein Self-Check-in-Terminal und die Zimmer
waren für vierzig Dollar die Nacht zu haben. Hallie war bewusst, dass es etwas Billiges an sich
hatte, mit einem Kerl in einem Hotel abzusteigen,
eine Nacht mit ihm zu verbringen und dann das
Weite zu suchen. Erst recht, wo sie niemals ihren
echten Namen verwendete. Doch das war, was sie

für sich als in Ordnung empfand. Sie legte keinen Wert auf eine feste Beziehung und die Stabilität, die ihr ein fixer Partner an ihrer Seite gab. Dieses Gefühl der Geborgenheit, das sie seinerzeit bei Tom und später auch bei Sean ganz kurz empfunden hatte, das konnte sie jetzt nicht mehr abrufen. Und wollte es auch gar nicht. In den vergangenen Jahren hatte sie so einiges mitbekommen, was Frauen in ihrem Umfeld mit ihren Kerlen durchzustehen hatten. Midlife-Krisen, Betrug, eine Entwicklung in unterschiedliche Richtungen oder einfach diese fürchterlich langweilige Routine, die sich zweifelsohne irgendwann einmal in jede Beziehung einschlich, waren allesamt nichts für Hallie. Im Grunde genommen war sie froh darüber, dass Tom sie seinerzeit so gepolt hatte, wie er es unterbewusst tat. Denn dieses Verliebtheitsgefühl, das man hin und wieder empfand, wenn man jemand Neues kennenlernte, das hatte Hallie sich beibehalten. Und dann … dieser magische Moment vor dem ersten Kuss, kurz bevor die Lippen schließlich aufeinandertreffen, den sie im Vergleich zu so vielen anderen Frauen fast jeden Monat einmal erlebte. Hallies Lebensstil war für alle Beteiligten eine Win-win-Situation. Es gab Emotionen und zunächst Gefühle, es gab mitunter heißen Sex und Nähe, und danach machte jeder wieder dort weiter, wo er aufgehört hatte. Noch nie hatte sich ein Mann darüber beschwert, dass er morgen nicht neben ihr aufgewacht war oder dass sie ihn nicht x-mal angerufen und um ein zweites Date gebeten hatte. Eigentlich, so dachte Hallie, sollten viel mehr Frauen so selbstbewusst sein wie sie und ihr Glück nicht von der Zuneigung eines Mannes abhängig machen. In letzter Zeit aber lief sie etwas unrund. Seit drei Wochen – seit sie die Nacht mit Chris verbracht hatte – hatte sie keinen neuen Kerl gefunden, der sie so weit interessiert hätte, dass sie die Nacht mit ihm hätte verbringen wollen. Sie hatte sich ihre Finger auf Tinder und tinderähnlichen Plattformen wund gewischt, aber keiner war dabei gewesen, bei dem sie sich hätte vorstellen können, ihn näher kennenzulernen. Es war fast so, als wäre ihre Datezeit nach Chris zu Ende gegangen. Als wäre er ihr allerletztes Tinderdate überhaupt gewesen, und als habe sie jetzt nie wieder die Chance, jemanden zu treffen. Halbherzig hatte sie hin und wieder mit ein paar Kerlen gechattet, während Becky sich von einem Typen zum nächsten hangelte. Sie hatte im Augenblick wirklich einen Lauf. Nach dem Date mit diesem Dan hatte sie einen George und einen Eric gedatet. Und ihr, bevor Hallie sich zu ihrem Abend mit Luke aufgemacht hatte, von einem Brian erzählt, der wohl ihr nächster Fang werden würde.

„Was … Aber ich dachte, wir vögeln heute?", fragte Luke verständnislos. Hallie bemerkte, dass dieser Mann absolut keine Reaktion in ihr auslöste. „Ich meine, ich hab dir doch so viele heiße Fotos von mir geschickt. Und das Video, wo ich es mir selber mache."

Hallie erinnerte sich an das Video. In all den Jahren, in dem sie es mit Männern nicht mehr so genau nahm, hatte sie zahlreiche solche und ähnliche Videos erhalten. Bis heute hatte sich ihr nicht erschlossen, warum Männer das taten. „Tut mir leid, Luke, aber ich hab heute keine Lust", sagte Hallie. Sie wusste nicht, was mit ihr los war, aber anstatt mit diesem Bild von einem Mann zu schlafen, der nicht nur gut aussah, sondern auch enorm gut gebaut war, gelüstete es sie eher, zu Hause vor dem Fernseher zu sitzen und sich eine Pizza zu bestellen. Sie wusste, dass sie verrückt sein musste. Kerle wie Luke waren es normalerweise, die Hallie anzogen wie Motten das Licht. Dabei war es völlig unerheblich, dass Luke vielleicht nicht die hellste Kerze auf der Torte war. Aber er war nett, extrem gut aussehend, und Typen wie er bescherten Hallie für gewöhnlich unvergessliche Nächte. Und er konnte küssen, als gäbe es kein Morgen mehr.

„Scheiße, Hallie. Ich habe heute eine todsichere Nummer abgesagt deinetwegen", maulte Luke. Er war offenbar einer dieser Kerle, der ziemlich froh gewesen wäre, wäre sie am Morgen danach einfach verschwunden gewesen. Wut keimte in Hallie auf. Dieser Kerl war genau so, wie sie ihn eingeschätzt hatte. Ein Mann, der viele Eisen im Feuer hatte, obwohl er ihr zunächst versichert hatte, dass sie die Einzige war, mit der er sich unterhielt. Und dass sie ihn so sehr interessierte, dass er jeder anderen einen Korb gab.

50

Scheinheilig hatte er ihr sogar einen Screenshot von seinem Tinder-Account geschickt, den er vorübergehend auf pausiert gestellt hatte. Arschloch.

„Dann … ruf sie doch an und lad sie hierher ein", sagte Hallie gleichgültig. „Die Nacht ist ja noch jung." Lukes Augen bekamen einen besonderen Glanz.

„Das würde dir nichts ausmachen? Ich meine … du hast das Zimmer doch bezahlt. Und … wo bleibst du dann heute Nacht, wenn der Kammerjäger Kakerlakengift in deiner Wohnung versprüht hat?"

Hallie dachte nach. Die Kakerlakenausrede funktionierte eigentlich immer relativ gut, um Kerle zu einer Nacht im Hotel zu überreden. Manchmal nutzte sie auch die Ausrede, dass sie aus Long Island stammte, aber ein Meeting in aller Herrgottsfrühe hatte und sich deshalb im Hotel einquartierte, um sich den Frühverkehr zu ersparen. Diese Ausrede war für Dates während der Woche ausgezeichnet geeignet. Da heute aber Freitag war, musste sie auf die Kakerlaken zurückgreifen.

„Ich … werd einfach bei meiner besten Freundin unterkriechen", log sie. Luke war das Ganze Drumherum ohnehin so egal, dass er gar nicht erst hinterfragte, warum sie nicht zuerst bei ihrer Freundin untergekommen war, sondern sich überhaupt ein Hotel hatte mieten müssen. „Wär doch schade, wenn das Zimmer diese Nacht leer bleibt. Mach dir mit deinem Mäuschen eine schöne Nacht. In der Minibar ist übrigens eine Flasche Champagner, die ihr trinken könnt."

Lukes Augen begannen jetzt zu leuchten. „Was, echt?", fragte er.

„Klar." Eigentlich hatte Hallie die Flasche für sich und Luke besorgt, um den Abend etwas aufzulockern. Aber heute hätte eine ganze Champagnerkellerei nicht ausgereicht, um sie locker zu machen.

„Du bist echt eine Hammerfrau, Hallie, weißt du das?", fragte Luke grinsend und streckte seinen Daumen in die Höhe. „Fast eine zum Heiraten." Dann nahm er sein Smartphone vom Nachttisch, wischte darauf herum und hielt es sich dann an sein Ohr. Hallie packte währenddessen ihre paar Sachen zusammen, die sie aus ihrer Reisetasche geholt hatte. Die Kondome, die sie auf ihrer Seite des Bettes abgelegt hatte, ließ sie, wo sie waren. Die würden diese Nacht bestimmt noch zum Einsatz kommen. Dann schlüpfte sie in ihre Schuhe, schulterte ihre Reisetasche und winkte Luke zu, der seiner neuen Flamme gerade auftischte, dass sein Appartement mit einer Kakerlakenplage zu kämpfen hatte, er nun einsam und allein in einem Hotelzimmer saß und sich nach Gesellschaft sehnte. Würde sie ihn besuchen kommen, so sagte er, würde er auch noch eine leckere Flasche Champagner für sie besorgen. Kopfschüttelnd verließ Hallie das Zimmer und fuhr nach Hause.

„Großer Gott, Hallie, was treibst du denn hier?" Becky schrak hoch, als Hallie durch die Tür kam. Ihre beste Freundin trug dunkelrot-schwarze Spitzenunterwäsche. Eine Korsage, die ihre Brüste zur Geltung brachte, Strapse und hal-terlose Strümpfe. Becky hatte Hallie schon ge-sagt, dass sie an diesem Abend Herrenbesuch empfing. Ein Army-Sergeant, der eigentlich in Seattle stationiert war, war für ein paar Tage in der Stadt. Er hatte Becky klipp und klar gesagt, dass er nur auf der Suche nach Sex war. Und der Umstand, dass Phil am anderen Ende des Landes wohnte, hatte Rebecca dazu veranlasst, ihre Tar-nung etwas aufzugeben und den Kerl zu sich nach Hause einzuladen.

„Wolltest du die Nacht nicht mit diesem Luke verbringen?"

Erst jetzt fiel Hallie auf, dass Rebecca eine ganze Hand voll Kondome bei sich hatte. Fragend sah sie ihre beste Freundin an.

„Er ist der Hammer. Ich will besser Vorrat haben, damit ich nicht ständig ins Bad muss, um neue zu holen." Sie kicherte, als sie Hallies Blick auf die Kondome bemerkte. „Aber was ist denn nun wirklich los? Dieser Luke war doch ein abso-lutes Sahneschnittchen."

„War er auch. Aber irgendwie hat er mich ge-langweilt", sagte Hallie. „Ich bestell mir eine Piz-za und sehe fern."

„Soll ich Phil wegschicken?" Becky sah ihre beste Freundin fragend an. Etwas hatte sich in den letzten Wochen in Hallie verändert. Normalerweise hätte sie sich einen Kerl wie diesen Luke niemals entgehen lassen. Es war völlig einerlei, ob er nicht gerade einen Preis für seine Intelligenz gewann, er würde andere Qualitäten zu bieten haben, deren Hallie sich bedienen konnte.

„Auf gar keinen Fall. Dann müsste ich am Ende meine Pizza noch mit dir teilen." Hallie grinste. „Amüsier dich gut." Sie zwinkerte ihrer besten Freundin mit einem letzten Blick auf die Kondome zu und holte sich die Speisekarte des Pizzaservice, bei dem sie immer bestellten.

Als Hallie am nächsten Morgen in die Küche kam, war Becky gerade dabei, ein opulentes Frühstück zuzubereiten. In der Küche duftete es köstlich nach frischem Speck und Eiern, Brötchen lagen in einem Korb und auf dem Esstisch in der Küche hatte Becky alle Frühstückscerealien, die sie und Hallie im Haus hatten, in Reih und Glied aufgestellt. Außerdem hatte sie Orangen ausgepresst und eine Kanne frischen Orangensaft auf den Tisch gestellt.

„Was ist denn hier los? Kochst du für die ganze Kompanie deines Kerls?" Hallie lachte und stibitzte sich eine Scheibe Speck.

„Nein, meine Liebe, das hier ist für uns beide", sagte Becky und zwinkerte Hallie zu. Nichts an ihrer besten Freundin, die jetzt rosafarbene Shorts und ein pastellblaues T-Shirt trug, erinnerte noch an die verruchte Femme fatale, die sie in der letzten Nacht in ihrer Unterwäsche gewesen war.

„Was ist mit Phil?", fragte Hallie, während sie begann, den Frühstückstisch zu decken.

„Der ist schon weg." Becky grinste.

„Wie ... schon weg?"

„Offensichtlich sind wir nicht die Einzigen, die sich nach dem Sex heimlich, still und leise aus dem Staub machen", sagte Becky gut gelaunt. „Als ich wach wurde, war er weg. Keine Nachricht, keine Nummer, kein gar nichts. Genau so liebe ich die Kerle." Sie lachte und Hallie schüttelte den Kopf. Sie und Becky waren schon zwei ganz besondere Gestalten. Jede andere Frau wäre nach so einer Aktion, wie Phil sie abgeliefert hatte, in ein tiefes Loch gefallen. Hätte sich mit Tonnen von Eiscreme drei Pfund mehr angefuttert und sich dann tapfer erneut auf die Suche nach der ganz großen Liebe gemacht. Sie beide freuten sich darüber, wenn ein Kerl heimlich abhaute und ein zweites Date von vornherein gänzlich ausgeschlossen war.

„So, und jetzt erzähl mal", sagte Becky, als sie und Hallie kurze Zeit später am Frühstückstisch saßen und sich dieses opulente Frühstück schmecken ließen.

„Was willst du hören?", fragte Hallie und stellte sich dumm.

„Na … was mit diesem Luke gewesen ist. Er war der Hammer. Warum hast du ihn nicht gevögelt?"

„Weil … mir irgendwas an ihm einfach gefehlt hat", sagte Hallie mehr zu sich selbst als zu Rebecca.

„Es hat dir was gefehlt? Der Typ hat dir Schwanzfotos von sich geschickt. So gut, wie der bestückt war, hättest du bestimmt eine heiße Nacht gehabt."

„Ich weiß … Er … war auch toll. Hat super ausgesehen und war dieser selbstbewusste Arsch, auf den ich üblicherweise stehe, aber irgendetwas hat mich davon abgehalten, mit ihm in die Kiste zu steigen."

„Und wie hat er reagiert? Immerhin ist er doch auch davon ausgegangen, dass ihr miteinander schlafen werdet." Becky biss in eine Scheibe Toast, auf die sie etwas Butter geschmiert und dann eine Scheibe Schinken und eine Scheibe Käse gelegt hatte.

„Er hat eines seiner anderen Eisen im Feuer angerufen und sich mit der verlustiert", sagte Hallie so ganz nebenbei. Etwas, was Becky nicht im Geringsten erschütterte. Kerle waren so. Das wussten sie und Hallie genau. Beide Frauen glaubten es den Herren der Schöpfung nicht, wenn sie einem erzählten, man wäre die Einzige. Und sie hätten noch nie zuvor so etwas gefühlt wie jetzt. Und dass man etwas ganz Besonderes sein musste, wenn man solche Gefühle in einem zum Vorschein brachte. Und dieses ganze sinnlose Blabla, das eine Frau einem Kerl doch niemals ernsthaft abnehmen würde.

„Seit diesem Chris hattest du keinen Kerl mehr an der Angel", stellte Becky fest.

„Stimmt", bestätigte Hallie. „Es ist fast, als wären alle guten Kerle aus den Dating-Apps verschwunden. Es ist nur noch zweite Wahl vorhanden. Oder dritte." Sie schmierte eine dicke Schicht Nutella auf eine Scheibe Schwarzbrot und biss hinein.

„Also ich kann nicht klagen. Im Moment hab ich so viele spannende Matches, dass ich gar nicht weiß, wie ich die Kerle alle unterbringen soll. Soll ich dir welche abgeben?"

Hallie kicherte. „Nein, danke, ich denke, meine Sexdates kann ich mir schon noch alleine suchen."

„Meinst du, es hat was mit dem Arzt zu tun?", fragte Rebecca ganz unvermittelt. Fragend sah Hallie sie an.

„Was meinst du?"

„Na ja, es hatte irgendwie den Anschein, als hättest du diesen Arzt echt gerngehabt", sagte Becky.

„Ach Quatsch", wiegelte Hallie ab. „Er war nett, sonst nichts. Er war nicht anders als viele vor ihm. Und wir kennen es ja beide, dass hin und wieder einer dabei ist, der einen vielleicht etwas mehr anzieht, als es andere tun. Das geht vorbei."

„Bist du dir sicher?" Becky sah ihre beste Freundin fragend an.

„Todsicher. Warte nur ab, nächste Woche schwing ich mich wieder aufs Pferd."

Die beiden prusteten los.

***

Später an diesem Nachmittag ging Hallie den Zufahrtsweg zu ihrem Elternhaus auf Long Island entlang. Nachdem Jackie sich von ihren Blessuren aus dem Unfall erholt hatte, hatte Stephen wieder einmal zum großen Barbecue geladen. Außerdem wollte Jackie abends noch ins Kino und würde die Nacht bei Hallie verbringen, die sie am nächsten Tag wieder zurück nach Long Island bringen sollte. Üblicherweise hatte Hallie an Wochenendtagen durchgehend Dates, und sich mit ihren Eltern zum Grillen zu verabreden, gestaltete sich als relativ schwierig. Dass sie im Moment keinen Kerl fand, mit dem sie eine Nacht verbringen wollte, ermöglichte es ihr, mehr Zeit mit ihrer Familie zu verbringen, was ihr ausnehmend gut gefiel.

„Hallie, du kommst gerade richtig, Mum hat diese kleinen Kuchendinger gemacht, auf die wir so stehen", sagte Jackie und schloss ihre Schwester in die Arme. Der Gips, der auf ihrem rechten

Arm saß, war bereits über und über mit Unterschriften und Zeichnungen verziert worden.

„Perfektes Timing, was?", fragte Hallie und schob sich ein quadratisches Schokokuchenviereck in den Mund, während sie ihre Eltern begrüßte. Hinten im Garten war bereits alles für das Barbecue vorbereitet und Würstchen sowie Fleischstückchen brieten bereits auf dem Grill.

„Wer kommt denn noch?", fragte Hallie, als sie fünf anstelle von vier Gedecken am Tisch zählte.

„Todd. Du musst ihn auch ins Kino nach Manhattan mitnehmen", sagte Jackie und kostete von dem Kartoffelsalat, den ihre Mutter auf den Tisch gestellt hatte. Todd war bei dem Unfall ebenfalls sehr glimpflich davongekommen. Er hatte sich „nur" einen Bänderriss zugezogen, den er im Augenblick ausheilte und weswegen er auf Krücken lief.

„Und wo bleibt er über Nacht, wenn du bei mir pennst?", wollte Hallie wissen.

„Er schläft bei seinem Bruder, der ein Appartement in Uptown hat", sagte Jackie. Hallies Herz setzte für einen Sprung aus, als ihre Schwester so unvermittelt Chris ins Spiel brachte.

„Oh, der attraktive Dr. Harris", mischte Meredith sich ein. „Er hat deine Schwester offenbar mit jemandem verwechselt und nannte sie Amanda."

Hallie seufzte. Ihre Mutter konnte es nicht lassen.

„Er hat dich Amanda genannt? Warum?",
wollte Jackie wissen.

„Keine Ahnung, vielleicht hab ich einer
Amanda ähnlich gesehen, die er mal kannte",
sagte Hallie. „Übrigens, Mum, du musst mir deinen Wagen leihen. Meinen hab ich Becky ge-
borgt. Sie besucht ihre Großmutter in Philadelphia und ihr Wagen ist gerade in der Werkstatt."
Dass Becky eigentlich ein Date mit einem Tinder-
typen in Philly hatte, brauchten ihre Eltern ja
nicht zu wissen.

„Ja, kein Problem", sagte Meredith. „Jackie,
weißt du, ob Dr. Harris eine Freundin hat?", bohr-
te sie dann nach. „Er und Hallie würden ein hübsches Paar abgeben, findest du nicht?"
„Ich habe Hallie schon vorgeschlagen, sich mit
Todds Bruder zu treffen. Er hat keine Freundin.
Seine Verlobte hat ihn offenbar kurz vor der
Hochzeit verlassen, weil sie sich noch nicht für
eine Ehe bereit gefühlt hat. Er war ziemlich ange-
schlagen damals, aber jetzt geht es ihm offenbar
wieder gut. Er ist zu haben. Aber Hallie wollte
nicht."
Hallie warf ihrer Schwester einen giftigen Blick
zu.

„Warum willst du dich nicht mit Dr. Harris
verabreden?", fragte Meredith.

„Ich habe im Moment einfach keine Lust auf
Dates", sagte Hallie.

„Kind, du bist schon so lange allein. Diese
Sache mit Tom ist jetzt zehn Jahre her. Willst du

60

denn alleine alt werden?"

„Ich habe genügend Freunde, Mum, ich werde schon nicht alleine alt."

„Freunde sind aber nicht dasselbe wie ein Ehemann", sagte Meredith und verteilte Servietten auf den Tellern.

„Dann hole ich mir eine Katze", neckte Hallie ihre Mutter, die den Kopf schüttelte und mit den Augen rollte.

„Schönen Tag zusammen." Noch ehe Hallie antworten konnte, erschien Todd im Garten. Sie schickte ein Stoßgebet gen Himmel. Ihre Mutter würde vor Todd bestimmt nicht Hallies Liebesleben ausdiskutieren wollen.

„Todd." Jackie stand auf und fiel ihrem Freund um den Hals, sodass der fast das Gleichgewicht verlor und umkippte.

„Hey, nicht so stürmisch", sagte Todd und küsste Jackie kurz auf die Stirn. Hinter ihm erschien noch jemand. Chris. Hallies Herz rutschte in die Hose. Dann begann es wie wild zu schlagen und ein Kribbeln breitete sich in ihrer Magengegend aus.

„Hallo zusammen", sagte Chris.

„Dr. Harris, was für eine nette Überraschung." Meredith überschlug sich fast und grinste breit. „Was verschafft uns die Ehre?"
„Ich habe unseren kleinen Invaliden hierher gefahren", sagte Chris und schüttelte Hallies Mutter die Hand.

„Darf ich Ihnen etwas zu trinken anbieten?", fragte Meredith. „Oder müssen Sie schon wieder weg?"

„Um ehrlich zu sein, habe ich heute nichts weiter vor", sagte Chris und fixierte Hallie kurz mit seinem Blick.

„Umso besser. Dann bleiben Sie doch zum Essen. Es ist genug da", meldete sich Stephen vom Grill. „Meine Frau hat es wieder zu gut gemeint und den halben Laden leer gekauft." Hallie wollte nur noch verschwinden. Wenn Chris sie hochgehen ließ und ihren Eltern erzählte, dass er ihre Tochter als „Amanda Marshall" kennengelernt und eine Nacht mit ihr verbracht hatte, würde das nicht nur die Blamage des Jahrhunderts werden, sondern auch einiges an Erklärungsbedarf aufwerfen.

„Ich möchte mich keinesfalls aufdrängen", sagte Chris, es wirkte aber, als habe er tatsächlich Interesse, mit den Hollisters zu essen.

„Das tun sie in keiner Weise, Dr. Harris", sagte Meredith. „Mein Mann grillt immer viel zu viel. Nach jedem Barbecue essen wir drei Tage lang an den Resten. Wir freuen uns also inständig, wenn Sie uns Gesellschaft leisten."

„Dann …", wieder warf er Hallie einen Blick zu, „bleibe ich sehr gerne. Und bitte, nennen Sie mich Chris."

Das Essen verlief so weit ganz ruhig und Chris hatte Hallie nicht auffliegen lassen. Hin und wieder hatten sie sich sogar unterhalten, dabei aber nur Oberflächliches angeschnitten. Meredith hatte soeben den Nachtisch – ihre kleinen Schokoküchlein – serviert, die großen Anklang fanden, als Jackie ihrer Schwester plötzlich in den Rücken fiel.

„Chris, wieso hast du meine Schwester damals im Krankenhaus Amanda genannt?"

Hallie fiel fast die Gabel aus der Hand. Ihre eigene Schwester.

„Was?" Chris sah Jackie an.

„Meine Eltern meinten, als wir den Unfall hatten, hast du Hallie Amanda genannt, als du sie gesehen hast. Und erst vorhin haben wir darüber nachgegrübelt, warum du das wohl getan haben könntest."

Chris sah Hallie eine Weile an.

„Ich … war in jener Nacht schon ziemlich lang auf den Beinen. Außerdem war ich etwas durcheinander. Ich kannte einmal eine Frau namens Amanda, die eine gewisse Ähnlichkeit mit Hallie gehabt hat, weißt du? Ich fand sie echt nett und hätte sie sehr gerne näher kennengelernt. Aber leider war sie nicht die, für die sie sich ausgegeben hatte."

Neugierig beäugten Jackie und Meredith Chris, der munter weitersprach.

„Eine ganz niederträchtige Ziege ist das gewesen. Sie hat mir einige Wochen lang etwas vorgemacht, was überhaupt nicht der Wahrheit entsprochen hat. Hat mich von hinten bis vorne belogen und ist dann einfach so, ohne ein Wort, aus meinem Leben verschwunden."

Autsch. Das hatte gesessen. Hallie war der Appetit auf die Schokoküchlein deutlich vergangen. Es war praktisch das erste Mal, dass sie mit den Auswirkungen, die ihr Verhalten mitunter auf ihre Mitmenschen hatte, konfrontiert wurde. Hatte es Chris wirklich derart getroffen, dass sie ihn angeschwindelt hatte? Sie beide hatten sich zu dem Zeitpunkt doch gerade erst ein paar Wochen gekannt – online. Es war ihr erstes Date gewesen und er machte deswegen solches Aufheben. Eigentlich hätte er doch froh sein müssen, dass Hallie sich ihm nicht anbiederte, ihn mit WhatsApp-Nachrichten überflutete und ihn anbettelte, sich noch einmal mit ihm zu treffen.

„Das tut mir sehr leid für Sie, Chris", sagte Meredith. „Aber seien Sie doch froh, dass Sie diese unmögliche Person aus Ihrem Leben entfernen konnten. So jemand passt doch niemals zu Ihnen. Jackie sagte, sie wären kürzlich von Ihrer Verlobten verlassen worden?"

„Mum!", rief Hallie aus. Ihre Mutter hatte wirklich ein Gefühl wie ein Trampeltier.

„Was denn?", fragte Meredith, sich keiner Schuld bewusst.

„Jackie hat recht", sagte Chris. „Ich bin seit einem halben Jahr Single. Meine Exverlobte war der Meinung, doch noch nicht bereit für eine Ehe zu sein. Also tingelt sie jetzt irgendwo im Urwald herum und ist auf der Suche nach sich selbst." Er schüttelte kurz den Kopf und lächelte. „Verrückt, eigentlich sollte ich seit drei Monaten verheiratet sein. Jetzt bin ich wieder auf dem Heiratsmarkt unterwegs." Er grinste und sah dabei fantastisch aus.

„Dasselbe ist unserer Hallie auch passiert", plapperte Meredith aus dem Nähkästchen.

„Tatsächlich?" Chris wirkte interessiert und schweifte mit seinem Blick kurz über Hallies Gesicht.

„Ja. Eine ganz hässliche Geschichte, nicht wahr, Liebes?", wandte ihre Mutter sich an Hallie. „Einen Tag vor der Hochzeit hat plötzlich eine Frau vor der Tür gestanden, die Hallie mitteilte, dass die Hochzeit ins Wasser fiele, weil sie wieder mit Hallies Verlobtem zusammen war. Ist das zu fassen? Die Frau war damals Ende fünfzig, Hallies Verlobter gerade Anfang dreißig. Das hat unsere Hallie in ein tiefes Loch gerissen, nicht wahr? Sie ist daraufhin monatelang nicht mehr aus ihrem Zimmer gekommen und war völlig fertig. Seither ist sie nicht mehr so unbeschwert wie früher. Und sie hatte in den letzten zehn Jahren keine einzige Beziehung mehr."

Chris sah Hallie an. Lange. Fast zu lange. Und etwas in seinem Blick löste sich auf. Die Ablehnung, die immer etwas mitgeschwungen hatte, schien mit einem Mal verschwunden zu sein.

„Tut mir sehr leid, dass du das durchmachen musstest, Hallie", sagte er jetzt an sie gewandt.

„Das muss heftig gewesen sein, ich hab es ja auch am eigenen Leibe verspürt. Und ... es erklärt einiges."

„Es ist mittlerweile zehn Jahre her", plauderte Meredith weiter. „Aber seither hatte Hallie keine feste Beziehung mehr. Es ist fast, als wäre etwas in ihr zerbrochen, wissen Sie?"

„Mum. Kannst du bitte aufhören, Chris mit meiner Lebensgeschichte vollzulabern", rief Hallie aufgebracht. „Ich kann mir nicht vorstellen, dass ihn das sonderlich interessiert."

„Ach, wenn Sie sich nicht dafür interessieren, dann werden Sie mir schon Bescheid geben, nicht?" Meredith lachte. Sie war absolut im Kuppelmodus.

„Wir müssen dann ohnehin los, der Film beginnt um acht", sagte Jackie. „Zuvor würden Todd und ich gerne noch einen Cocktail trinken."

„Okay. Mum, kann ich deine Autoschlüssel haben?", fragte Hallie. Sie war heilfroh, dass dieser unbequeme Nachmittag nun enden sollte.

„Ich kann fahren, wenn du kein Auto hast, Hallie", sagte Chris.

„Ich habe ein Auto. Nur habe ich es meiner besten Freundin geliehen, die damit nach Philly gefahren ist."

„Wie auch immer. Ich kann Jackie und Todd gerne mit nach Manhattan nehmen. Und dich natürlich auch."

„Danke, sehr nett. Aber Jackie muss morgen wieder zurück nach Long Island, also wäre es doch besser, wenn ich fahre."

„Also mir wäre sehr geholfen, wenn ich meinen Wagen morgen früh zur Verfügung hätte", sagte Meredith. „Ich fahre mit Martha Spade Essen auf Rädern aus und ich mag den Range Rover deines Vaters nicht. Er ist mir viel zu groß. Warum fährst du also nicht mit Dr. Harris zurück? Und morgen Abend kommen wir Jackie abholen und gehen zur Feier des Tages schön irgendwo in Manhattan essen. Wir alle zusammen. Als Dankeschön, dass Dr. Harris sich als Fahrer anbietet." Hallie blitzte ihre Mutter an. Es war ihr neu, dass Meredith den Range Rover nicht mochte. Für gewöhnlich verzapfte sie überall herum, dass der Rover das bequemste Auto der Welt war und sie es liebte, ihn zu fahren. Das hier war eindeutig ein weiteres Verkuppelungsmanöver.

„Ich glaube nicht, dass das eine gute Idee ist, Mum", begann sie. „Außerdem kannst du Chris und Todd nicht ständig für uns vereinnahmen. Die beiden haben bestimmt Besseres zu tun, als mit uns essen zu gehen."

„Also eigentlich … haben wir das nicht", mischte Chris sich ein und Hallie wäre ihm am liebsten an die Gurgel gegangen. Es machte die ganze Sache nicht unbedingt einfacher, von ihm loszukommen, wenn sie ihn ständig um sich herum hatte.

„Na, das klingt doch großartig. Dann haben wir also einen Deal? Sie nehmen meine Töchter mit in die City und morgen Abend essen wir gemeinsam im Eden Palace. Ich werde anschließend gleich einen Tisch für uns reservieren."

„Klingt großartig, danke, Mrs. Hollister", sagte Chris.

Hallie war genervt, als sie wenige Minuten später hinter Chris und Jackie und Todd, deren Hände mittlerweile ineinander verflochten waren, zu Chris' Wagen ging. Das, was hier gerade passierte, war in keiner Weise so geplant gewesen. Hallie hatte Chris so schnell wie möglich aus ihrem Gedächtnis kriegen wollen. Stattdessen hatte sie ihn seit ihrem Date bereits zum dritten Mal getroffen und war zu allem Überfluss auch noch mit ihm zum Essen verabredet.

Nachdem sie Jackie und Todd zuerst im Multiplex abgesetzt hatten, schwiegen sie, während Chris Hallie nach Hause fuhr. Es widerstrebte ihr, dass er ab sofort auch noch ihre Adresse kannte, und sie hatte versucht, ihn dazu zu überreden, dass er sie ebenfalls am Kino aussteigen ließ und sie mit der U-Bahn nach Hause fuhr. Doch das hatte Chris nicht gelten lassen.

„Da vorne wohne ich", sagte Hallie tonlos und Chris hielt den Wagen vor ihrem Haus.

„Sieht nett aus."

„Erwarte dir bloß nicht, dass ich dich reinbitte."

„Ich kann warten." Chris grinste und sah Hallie an. „Ich kann warten."

vier

Hallie verbrachte einen gemütlichen Abend, nachdem Chris sie zu Hause abgesetzt hatte. Für einen Moment hatte sie tatsächlich mit dem Gedanken gespielt, ihn hereinzubitten und ihm etwas zu trinken anzubieten. Vielleicht … war er doch anders als die anderen. Doch dann hatte sie an die Sache mit Tom damals gedacht, von dem sie auch geglaubt hatte, er wäre anders als die anderen. Und an die vielen Kerle, die sie seither kennengelernt hatte, die allesamt vom gleichen Schlag waren. Vielleicht war sie für Chris nur aus dem Grund interessant, weil sie eben nicht so leicht zu haben gewesen war wie die anderen. Weil sie sich nicht anbiederte und ihn am nächsten Morgen mit WhatsApp-Nachrichten und Anrufen bombardiert hatte. Sie tinderte lieblos mit ein paar Typen und ärgerte sich insgeheim darüber, dass es neuerdings keine Kerle mehr gab, die sie interessierten. Wie konnte das überhaupt die Möglichkeit sein? Waren alle brauchbaren Kerle aus New York abgesiedelt? Oder hatte sie wirklich schon alle durch? Sie wischte etwa fünfzig Matches weg, die vom Aussehen her überhaupt nicht infrage kamen, schrieb drei-, viermal mit einigen Tinderromeos hin und her und stellte sehr schnell fest, dass keiner dieser Männer sie auch nur annähernd reizte. Sie zappte durch die Kanäle und wusste nichts mit sich anzufangen. Samstagabende allein zu Hause zu verbringen war sie nicht gewohnt.

Um kurz vor zehn klingelte es an ihrer Tür. Sie fragte sich, wer das wohl sein konnte. Jackie hatte angekündigt, nicht vor Mitternacht zu Hause zu sein. Außerdem hatte sie einen Schlüssel für das Haus, das Hallie und Becky im East Village gemietet hatten. Rebecca war es bestimmt ebenfalls nicht. Die hatte klarerweise auch einen Schlüssel und würde vor Sonntagmittag sicher nicht zurückkommen.

Als Chris Harris vor Hallies Tür stand, staunte sie nicht schlecht. Im nächsten Moment wurde ihr mulmig zumute. War Jackie und Todd etwa neuerlich etwas zugestoßen?

„Chris?", fragte sie unsicher.

„Hey, Hallie", sagte Chris. „Todd meinte, ich soll ihn gegen zehn hier abholen."

„Er …" Hallie überlegte. Jackie hatte doch gesagt, sie würde mit einem Taxi nach Hause fahren. Was für einen Sinn machte es da, wenn Todd sie begleitete? Vermutlich etwas, was sie in ihrem Alter nicht verstand und was mit verliebten Teenagern zu tun hatte. „Ich fürchte, da bist du zu früh dran", sagte Hallie. „Jackie wollte erst gegen Mitternacht zu Hause sein. Der Film hat auch erst um kurz nach neun angefangen."

Chris fuhr sich durchs Haar. „Verdammt. Da hab ich wohl tatsächlich etwas durcheinandergebracht", sagte er und sah sie an. Es war gerade zehn Uhr durch. Das bedeutete, wenn Chris tatsächlich hier mit Todd verabredet war, würde es fast keinen Sinn machen, wenn er zurück nach Uptown fuhr. Er würde nämlich gleich wieder hierher fahren müssen, wenn er dort angekommen war.

„Willst du hier auf ihn warten?", fragte Hallie. Sie wusste nicht, ob es eine gute Idee war, Chris hereinzubitten. Streng genommen brach sie ihre eigenen Regeln. Keines ihrer Dates sollte jemals die Schwelle zu ihrem Zuhause übertreten. Andererseits wusste Chris ja auch schon ihren richtigen Namen und hatte mit ihren Eltern gemeinsam gegessen. Das hier war so etwas wie ein Spezialfall.

„Ich möchte dir keine Umstände machen. Ich fahr einfach in irgendeine Bar und trinke was, während ich warte."

„Du magst keine Bars, schon vergessen?", fragte Hallie. Sie erinnerte sich, dass Chris ihr bei ihrem Date erzählt hatte, dass er Bars hasste und lieber gemütliche Abende zu Hause verbrachte, als in einer Kneipe abzuhängen.

„Sieh einer an, das hast du dir gemerkt?"

„Ich habe ein gutes Gedächtnis."

„Hör mal, Hallie, ich will wirklich nicht …"

„Tu es oder lass es. Aber in drei Sekunden werde

ich diese Tür hier schließen, egal, auf welcher Seite du dich dann befindest."

Chris trat ein und Hallie schloss die Tür hinter sich. Er sah sich in dem geräumigen, hell eingerichteten Wohnzimmer um.

„Nett hier", sagte er.

„Danke. Willst du was trinken?"

„Was hast du denn?"

„Was dein Herz begehrt. Ich nehme ein Bier."

„Dann nehme ich auch eines."

Chris setzte sich auf die weiße Couch im Wohnzimmer und zappte durch die Kanäle, während Hallie in der Küche herumhantierte. Als sie mit zwei Heineken und einer Schüssel Kartoffelchips zurückkam, hatte er es sich längst gemütlich gemacht.

„Was siehst du dir da an?", fragte sie, als sie neben ihm Platz nahm. Auf dem Fernsehschirm stieg gerade eine Gruppe Jugendlicher aus den Siebzigerjahren aus einem roten Auto vor einer verfallenen Hütte aus.

„Das ist ‚Evil Dead'. Ein Klassiker, was Horrorfilme betrifft. Kennst du ihn?"

„Ist der Papst katholisch?", fragte Hallie. Sie hatte einen Hang zu alten Horrorfilmen, sodass „Evil Dead" natürlich zu ihrem Repertoire gehörte. Eine Szene in dem Film setzte ihr jedoch nach wie vor gehörig zu. Und zwar jene, in der eine der jungen Schauspielerinnen besessen auf dem Boden hockt und wie irre vor sich hinkreischt. An und für sich – und das war Hallie klar – hatte der

Film viel beängstigendere Szenen, doch gerade diese eine Szene machte ihr jedes Mal aufs Neue zu schaffen. So sehr sogar, dass sie sich den Film allein gar nicht mehr ansehen wollte. Jetzt allerdings war Chris ja hier. Der stark genug aussah, als dass er besessene Dämonenfrauen locker beseitigen konnte.

„Du guckst solche Filme?"

„Ist das denn so ungewöhnlich?"

„Nein. Nach allem, was ich von dir weiß, eigentlich nicht mehr." Chris grinste, nahm sich eine Handvoll Chips und einen Schluck Bier.

„Was soll das nun wieder bedeuten?", fragte Hallie.

„Gar nichts."

„Bist du immer noch beleidigt, weil ich dir einen falschen Namen gesagt habe?"

„Nein. Ich hatte ohnehin nicht vor, dich noch einmal wiederzusehen, Hallie, weißt du? Wir Männer stehen nämlich nicht wirklich auf Frauen, die gleich am ersten Abend mit einem Kerl ins Bett gehen."

Hallie schluckte. Hatte Chris sie hier durch die Blume als Schlampe bezeichnet?

„Soll das heißen, ich bin eine Schlampe?", fragte Hallie aufgebracht. Eigentlich hatte er gar nicht so unrecht. Früher, vor der Sache mit Tom, hatte sie selbst Frauen als Schlampen bezeichnet, die am ersten Abend mit einem Kerl ins Bett stiegen. Doch seither hatte sich viel in ihr verändert.

„Nein. Das soll es nicht heißen", sagte Chris bedacht. „Es bedeutet nur, dass Frauen, die so … schnell mit einem Mann ins Bett gehen, nicht mein Typ Frau sind, weißt du? Ich meine, ich finde es klasse, dass du deine Sexualität so auslebst, wie du möchtest, und vermutlich bist der Renner bei so ziemlich jedem Kerl, den ich kenne. Wer wünscht sich nicht, eine tolle Frau kennenzulernen, die am ersten Abend mit einem ins Bett steigt, eine Granate in der Kiste ist und am nächsten Tag noch vor dem Aufwachen verschwindet. Ich für meinen Teil suche eben was anderes. Ich bin da vielleicht noch von der alten Schule, weißt du? Ich möchte eine Frau kennenlernen, mich in sie verlieben. Sex ist da nicht so wichtig. Mit der Frau, die ich liebe, habe ich Sex erst nach einer Weile. Wenn es sich richtig anfühlt und nicht nur Geilheit ist."

„Soweit ich mich erinnere, hast du aber auch nicht gerade Widerstand geleistet, als es körperlich wurde zwischen uns."

„Ich habe etwas zum Abreagieren gesucht. Ich wollte wieder mal guten Sex haben. Und mir war klar, dass du nicht DIE Frau für mich bist."

Das hatte gesessen. Und Hallie wusste noch nicht einmal, wieso. All die Jahre über, als sie wahllos mit irgendwelchen Männern Sex gehabt hatte, hatte sie sich eine Art Schutzpanzer angelegt, der von niemandem durchdrungen werden konnte. Ja, sicher war sie in den Augen mancher eine Schlampe. Aber so gewährleistete sie wenigstens, dass man sie nicht mehr so verletzen konnte, wie Tom das seinerzeit getan hatte. Sie hatte völlig recht gehabt. Chris war genauso ein Mistkerl wie die anderen. Zu gut erinnerte sie sich an seine Nachrichten, in denen er ihr gesagt hatte, wie gern er sie hatte, dass er das Gefühl hätte, sie wäre die Richtige für ihn und dass er sie überhaupt nicht mehr aus dem Kopf bekam. Er hatte doch genau das bekommen, was er wollte. Sex ohne Verpflichtungen. Und jetzt machte er ihr daraus auch noch einen Vorwurf? Ohne ein Wort der Erwiderung von sich zu geben, griff Hallie zu ihrer Bierflasche und nahm einen Zug, obwohl sie sich nicht sicher war, ob im Moment nicht etwas Stärkeres angebracht gewesen wäre.

Wortlos saßen Hallie und Chris im dunklen Wohnzimmer nebeneinander und sahen „Evil Dead", während Hallie sich noch nicht einmal sicher war, ob der Film nun schrecklicher war oder das, was Chris ihr zuvor gesagt hatte. Warum sie diese Aussage von ihm überhaupt so sehr beschäftigte, war ihr ein Rätsel. Erst jetzt bemerkte Hallie, dass sie ganz allein in ihrem Wohnzimmer saß. Ja, sie hatte sich auf den Film konzentriert und in ihrem Kopf waren tausend Gedanken umgegangen, aber … war ihr tatsächlich entgangen, dass Chris aufgestanden war? Sie sah neben sich, doch da war er nicht mehr, und auch im Flur brannte kein Licht, sodass er wohl auch nicht auf der Toilette war. Die Küche war ebenfalls dunkel.

„Chris?", rief Hallie leise. Zu allem Überfluss hockte die Schauspielerin, die „Linda" spielte, bereits auf dem Boden und kicherte mit ihrem entstellten Gesicht wie eine Irre vor sich hin, während sie irgendwelche dämonischen Beschwörungsformeln murmelte.

„Chris?", rief sie noch einmal, etwas lauter. Im nächsten Moment stürzte sich etwas mit lautem Gebrüll auf sie und begrub sie unter sich. Sie schrie angsterfüllt auf, doch das Ding über ihr war stärker und kräftiger als sie. Laut schrie sie auf, als Chris schallend zu lachen begann.

„Mein Gott, du bist ja schreckhaft", stellte er fest.

„Bist du von allen guten Geistern verlassen!", rief Hallie böse. „Du hast mich zu Tode erschreckt. Ganz erwachsene Aktion, wirklich."

„Herrgott, ich konnte ja nicht wissen, dass du in Sachen Horrorfilmen so ein Mädchen bist. Außerdem … sieh mal, ich hab dir ein Bier mitgebracht." Chris lachte und sah dabei unverschämt gut aus. Hallies Herz begann derweil, wieder in einem normalen Rhythmus zu schlagen.

„Du Vollidiot", zischte sie. „Du hast dabei auch noch die perfekte Stelle im Film erwischt. Ich hasse die Szene, wo Linda so bescheuert kichert."

„Ich mag die Szene ehrlich gesagt auch nicht", sagte Chris und setzte sich wieder auf die

Couch. „Irgendwie hat sie etwas Verstörendes."
„Find ich auch." Hallie setzte sich neben ihn.
„Genauso wie die Szene im Vorspann von ‚Walking Dead', wenn dieser Zombie durch das Weizenfeld läuft. Kennst du die?"

„O mein Gott, ja. Ich finde, diese Szene sagt unglaublich viel, obwohl der Großteil der Zuseher sie vermutlich übersehen wird."
„Absolut." Hallie trank ihr Bier leer und öffnete die nächste Flasche. „Wir haben keine Chips mehr", stellte sie fest und stand auf.

„Also … ich habe wirklich keine Lust mehr, diese Jelly Bean zu essen", sagte Chris angewidert. Sein Gesicht sah irgendwie grünlich aus, und er wirkte überhaupt nicht wie das blühende Leben.

„Du musst aber. Du hast weiß gedreht, also … hau rein." Grinsend wartete Hallie, bis Chris sich widerwillig eine weiße Jelly Bean griff und zögerte, sie in den Mund zu stecken. Sie hatten das Spiel „Jelly Bean Boozled" ausgepackt, das Becky vor einigen Tagen vom Shoppen mitgebracht hatte. Dabei musste man mit einem Glücksrad die Farbe der Jelly Bean erdrehen, welche man essen musste. Jede Bean hatte zwei mögliche Geschmacksrichtungen. Einmal eine leckere, wie etwa Erdbeere oder Cola … und eine abartige. Wie etwa stinkende Socken, dreckige Windeln oder Kotze. Chris hatte das glückliche Händchen, tatsächlich jedes Mal eine eklige Bean zu erwischen. Sein Gesicht war schon fast grün angelaufen, als er sich die Bean angewidert in den Mund steckte.

„Und?" Erwartungsvoll versuchte Hallie, seine Reaktion zu deuten.

„Bäh …", machte Chris und versuchte, die Bean auszuspucken.

„Hey. Das ist absolut gegen die Regeln." Hallie lachte. „Ausspucken gilt nicht."

„Du hast ja auch leicht lachen", klagte Chris, „du erwischst immer die leckeren. Gibs zu, irgendwie hast du sie markiert."

„Ja. Das ist meine Rache für das Erschrecken vorhin." Hallie lachte und drehte an dem Rad. Sie musste eine braune Bean auswählen, die entweder nach Schokopudding oder aber nach Hundefutter schmecken konnte.

„Halt, warte", sagte Chris, bevor Hallie zu einer Bean greifen konnte. Sie sah ihn an.

„Diesmal werde ICH die Bohne für dich aussuchen."

„Du spinnst ja wohl", sagte Hallie. „Die Bohnen, die du aussuchst, sind immer die Nieten. Im Leben nicht werde ich deine Wahlbohne essen."

„Und wie du das wirst." Chris sah sie grinsend an.

„Willst du mich etwa dazu zwingen?", fragte Hallie herausfordernd.

„Ich bin mir sicher, ich habe so meine Mittel und Wege, dich dazu zu bekommen, die Bohne meiner Wahl zu essen." Er griff sich eine braune

Bohne und rutschte ein Stück näher an Hallie heran. „Mund auf, Augen zu", sagte er verführerisch und mit einem breiten Grinsen auf den Lippen.

„Niemals." Hallie lachte.

„Ach, komm schon. Hier kommt der Flieger." Chris lachte und tat dabei so, als würde er die Bohne wie ein Flugzeug fliegen lassen. „Deine Chance, dass das Schokopudding ist, steht fifty-fifty."

„Du hast die Bean ausgewählt." Hallie lachte. „Das ist zu 100 Prozent eine Niete."

„Das werden wir nur herausfinden, wenn du jetzt ein großes Mädchen bist und sie isst", sagte Chris. Er rückte noch ein Stück näher an Hallie heran, sodass sie sich jetzt fast berührten. Sie spürte seine Körperwärme, sah in seine braunen Augen, nahm alles an ihm wahr. Das markante Gesicht, die spitze, schmale Nase, die sanft geschwungenen Lippen und den Bartschatten. Chris Harris war wirklich ein ausnehmend attraktiver Mann. Er rückte noch näher an Hallie heran. Die Jelly Bean war mittlerweile unwichtig geworden. Sanft drückte Chris Hallie in die Kissen auf dem Sofa und kam über sie.

„Hey", sagte er leise.

„Hey", sagte auch Hallie. Sie spürte seinen Körper auf ihrem. Ein Kribbeln, das sie auf eine Art und Weise kannte, das ihr aber dennoch neu war, breitete sich in ihrer Magengegend aus. Sie spürte Chris' Atem auf ihrer Haut. Und als seine

Lippen den ihren immer näher kamen, fühlte sie die Wärme, die von ihnen ausging. Es würde nur noch den Hauch einer Sekunde dauern, bis sie sich küssten. Die Welt um sie herum schien stillzustehen.

„Ich bin wieder da. Der Typ in Philly war ein … Was ist denn hier los?"

Hallie und Chris richteten sich auf, als Becky, gefolgt von Jackie und Todd, das Haus betrat.

„Becky, du bist wieder zurück?", fragte Hallie sinnloserweise. Ihre beste Freundin stand, mit ihrer Schwester und deren Herzbuben, direkt vor ihr.

„Hey, Chris. Hattet du und Hallie einen schönen Abend?", fragte Jackie lachend, die die Situation eindeutig als das erkannt hatte, was sie war. Ziemlich pikant.

„Moooment", fragte Becky, „Du bist Chris? Chris, der Bruder von Todd? Der Arzt Chris? Der …"

Hallie bedeutete Becky mittels Schnittbewegungen an ihrem Hals, dass sie sofort aufhören sollte, zu sprechen. Chris war der Erste, der sich wieder fing.

„Ja, Jackie, Hallie und ich hatten einen sehr netten Abend. Auch, wenn deine Schwester ziemlich schreckhaft ist. Und …", er wandte sich an Becky, „wir beide kennen uns, glaube ich, noch nicht? Ich bin Chris Harris. Der Bruder von Todd, der Arzt und … ja, vermutlich auch das, was du fragen wolltest, was Hallie dir aber verboten hat, zu fragen."

Hallie lief knallrot an.

„Was hat Hallie Becky verboten, zu fragen?", wollte Jackie wissen.

„Gar nichts. Und wenn du hier lange herumnervst, schick ich dich sofort ins Bett. Ich kann das immer noch, so alt kannst du gar nicht werden." Sie lachte.

fünf

„Chris ist nett", stellte Becky am nächsten Morgen fest als die beiden am Frühstückstisch saßen. Jackie schlief noch. Sie tat, was Collegemädchen in ihrem Alter für gewöhnlich taten. Sie schliefen morgens bis in die Puppen aus. Hallie war das nur recht. Jede Information über Chris, die ihre Schwester zu Ohren bekam, konnte ihr gefährlich werden.

„Ja, find ich auch", sagte Hallie fast verträumt. Es hatte sie geärgert, dass es am Vorabend nicht zu dem Kuss gekommen war, der sich zweifellos angebahnt hatte. Und den sie unbedingt hatte haben wollen. Nachdem die anderen plötzlich mitten im Wohnzimmer gestanden hatten, hatten sie alle noch einen kleinen Schlummertrunk genommen, ehe Chris und Todd nach Hause gefahren und Becky, Hallie und Jackie ins Bett gegangen waren. Becky sah ihre beste Freundin an.

„Großer Gott, du bist verknallt in ihn", fiel es ihr wie Schuppen von den Augen.

„So ein Blödsinn."

„Kein Blödsinn. Jetzt wird mir alles klar. Seit Wochen hattest du kein richtiges Date mehr und erklärst mir, es würde sich kein passender Kerl finden. Du lässt einen absolut heißen Kerl ziehen und gestern finde ich dich in eindeutiger Position mit Chris vor. Du stehst auf ihn, Hallie."

„Ich stehe überhaupt nicht auf ihn", versuchte Hallie zu relativieren. „Das gestern … er stand einfach vor der Tür und es hat sich eben so ergeben. Außerdem ist ja rein gar nichts passiert."

„Wenn wir nicht aufgetaucht wären, dann wäre aber was passiert." Becky grinste.

„Das weißt du gar nicht."

„O doch. Ich weiß es. Glaub mir." Vielsagend grinste Becky ihre beste Freundin an.

„Und was wirst du jetzt tun?"

„Was soll ich schon tun? Gar nichts. Ich sagte dir doch schon, wie es läuft. Solche Schwärmereien hattest du doch auch schon am Start. In ein paar Tagen ist die Sache gegessen und ich werfe mich wieder ins Geschehen."

„Na ja, es hat den Anschein, als wäre Mr. Harris auch an dir interessiert."

„Und selbst wenn", sagte Hallie und biss genüsslich in das Schinken-Käse-Brötchen, das sie sich soeben belegt hatte. Becky und sie schwiegen sich eine Weile an. „Das hat keine Zukunft. Ich bin keine Frau, die zu einem Mann wie ihm passt." Schmerzhaft erinnerte sie sich an die Worte, die Chris ihr am Vorabend an den Kopf geknallt hatte. Obwohl er überhaupt nicht unrecht hatte. Natürlich war Hallie bewusst, dass Kerle keine Frauen für etwas Festes bevorzugten, die

gleich am ersten Abend mit einem in die Kiste
stiegen. Bislang war das alles in ihrem Sinn gewesen. Sie wollte niemals und in keiner Weise
auch nur den Eindruck vermitteln, eine Frau für
eine Beziehung zu sein. Warum es sie so derart
traf, nachdem Chris ihr das ebenfalls gesagt hatte,
wusste sie nicht.

„Hast du jemals daran gedacht, aufzuhören?",
fragte Becky nach einer Weile.

„Womit?", stellte Hallie die Gegenfrage, nur
um etwas Zeit zu bekommen.

„Mit … all dem." Becky machte eine ausla-
dende Geste und umriss das Zimmer. Sie und
Hallie hatten dieselbe Vergangenheit. Bis auf die
Tatsache, dass Becky nicht einen Tag vor ihrer
Hochzeit vor dem Altar verlassen worden war.
Doch ihr war es mit all ihren Männerbekanntschaften ähnlich gegangen wie Hallie. Ihre erste,
lange Beziehung hatte sie auf der Highschool
gehabt, wo ein Typ namens Dave sich nur deshalb an sie herangemacht hatte, weil er an ihre
beste Freundin kommen wollte. Auf dem College
hatte sie dann Nick kennengelernt, einen Jurastu-
denten, der ihr die Sterne vom Himmel holte.
Dummerweise tat er das auch bei vier anderen
Frauen, mit denen er über Jahre hinweg parallele
Beziehungen führte und eines Tages nur deshalb
aufflog, weil er Becky versehentlich ein Foto von
einem Trip zum Mount Rushmore schickte, den
er mit einer seiner anderen Freundinnen unternommen hatte. Für Becky war damals eine Welt

84

zusammengebrochen, weil Nick und sie Pläne für die Zukunft gemacht hatten. Sie wollten nach ihrem Studium nach Manhattan ziehen, sich Jobs suchen und eine gemeinsame Wohnung nehmen. Ihre Eltern hatten Nick kennengelernt und er war nicht nur bei diversen Weihnachts- und Geburtstagsfeiern offiziell als ihr Freund anwesend gewesen, sondern außerdem bei der goldenen Hochzeit ihrer Großeltern damals. Nick war ein Teil der Familie gewesen, und es hatte ihr das Herz gebrochen, als sie hinter seine Machenschaften gekommen war. Es hatte Jahre gedauert, bis Becky sich wieder an Dates herangetraut und sich verabredet hatte. Dazu hatte sie sich zunächst an Singleplattformen im Internet bedient und, nachdem sie ein ansprechendes Profil erstellt hatte, tatsächlich zahlreiche Zuschriften bekommen. Zunächst war es ihr verrückt vorgekommen, dass sie so lange nicht gedatet hatte. Der Wald schien voller Bäume oder der Singlemarkt voller Kerle zu sein, und auf den ersten Eindruck waren viele von ihnen wirklich nett. Doch mehr und mehr wurde Becky bewusst, dass sie mit Nick nicht nur einen unglücklichen Griff getan hatte, sondern dass viele Kerle so drauf waren wie er. Im Vergleich zu den Männern, die Becky in ihren Zwanzigern kennengelernt hatte, war Nick noch relativ harmlos gewesen. Und immer hatten sie es geschafft, ihr zunächst eine heile Welt und grenzenloses Interesse vorzuspielen, bevor sie ihr das Messer in den Rücken gerammt hatten. Becky

hatte Dates mit Männern gehabt, die ihr erst nach
Wochen erzählt hatten, dass sie eigentlich verheiratet waren. Sie hatte Dates mit Männern gehabt,
die nur nach Sex suchten und, sobald sie ihre
Beute erlegt hatten, das Interesse daran verloren,
und sie hatte Dates mit Männern gehabt, die sich
einfach nur daran hochzogen, wenn sie eine Frau
nach der anderen abschleppen konnten. Eines
Tages hatte Becky beschlossen, nicht mehr länger
Teil dieses Spiels sein zu wollen. Sie hatte ihre
Singleprofile so umgearbeitet, dass alles Liebevolle und Ehrliche, der Wunsch nach etwas
Ernsthaftem daraus verschwunden war, und künf-
tig nur noch Kerle gedatet, wenn sie Lust auf Sex
hatte. Dabei spielte es keine Rolle, ob der Mann
Beziehungsqualitäten hatte oder ihre Ansichten in
ernsten Themen der Welt teilte. Er musste nur gut
aussehen, für ein paar Stunden anziehend sein
und schon stand einer heißen Nacht nichts mehr
im Wege. Für Becky selbst war diese Vorge-
hensweise die optimale Lösung. Genauso wie
Hallie hatte sie mit der Zeit sämtliche Gefühle
aus diesen Begegnungen herausgenommen. Und
auch wenn sie zunächst Angst gehabt hatte, sich
doch einmal in einen der Männer zu verlieben,
die sie kennenlernte, so war dies niemals der Fall
gewesen.

„Spinnst du?", fragte Hallie. „Ich bin keine
Frau für eine Beziehung. Genauso wenig wie du.
Und das weißt du auch. Ich habe im Moment
eben eine Flaute. Aber als Zeichen des guten Wil-

lens werde ich mich jetzt mit irgendeinem dieser Tinderprinzen hier verabreden und morgen wieder aufs Pferd steigen." Sie zog sich ihr Smartphone heran und öffnete die App.

„Super, das wollte ich hören." Becky grinste und blickte Hallie über die Schulter, die sich durch ihre Matches klickte und einen Mann auswählte, der sie wieder ins Spiel bringen sollte.

***

Um sieben Uhr an diesem Abend betraten Hallie und Jackie das Eden Palace, in das Hallies Eltern sie alle eingeladen hatten. Chris und Todd warteten bereits an einem nett gedeckten Tisch weiter hinten im Restaurant an einem Fensterplatz. Jackie fiel Todd in die Arme, als hätten sie sich mehrere Wochen nicht gesehen, und Chris küsste Hallie sanft links und rechts auf die Wange.

„Na, hattest du einen schönen Tag?", fragte er. Er wirkte ihr gegenüber offener, als er es noch bei den letzten paar Begegnungen getan hatte.

„Ja, alles bestens. Und du?"
„Ich auch."

Die Frauen setzten sich, und Hallie stellte fest, dass die Stimmung nicht so locker und gelöst war, wie sie es noch am Vorabend gewesen war. Es wurde allerhöchste Zeit, dass sie wieder anfing, zu daten. Diese Sache mit Chris tat ihr eindeutig nicht gut.

Der Abend verlief relativ angenehm und nach den anfänglichen Schwierigkeiten wurde es doch noch richtig nett. Sie und Chris … schienen trotz aller Widrigkeiten, die Hallie für sich selbst festgestellt hatte, auf einer Wellenlänge zu sein. Sie hatten absolut denselben Humor, die gleiche Leidenschaft für alles, was kalorienreich und voller Kohlehydrate war, und sie beide liebten Rock aus den 80er-Jahren. Nach einem recht angenehmen Abend verabschiedete man sich vor dem Restaurant auf der Straße. Hallies Eltern fuhren zurück nach Long Island, Todd und Jackie machten sich auf den Weg zum Campus und schließlich standen nur noch Chris und Hallie vor dem Eden Palace.

„Du musst nach Uptown, richtig?", fragte Hallie.

„Genau. Aber ich kann dich gerne nach Hause bringen, wenn du möchtest. Ich bin mit dem Wagen da."

„Das ist nicht nötig, die U-Bahn ist ja gleich da vorne." Hallie zeigte nach links.

„Ich … würde es aber gerne, Hallie", sagte Chris. Er war einen Schritt näher an sie herangetreten und sah in ihre Augen. Verdammt, war dieser Kerl gut aussehend. Und was würde schon passieren, wenn er sie nach Hause brachte. Sie selbst fand es außerdem auch angenehmer, in einem Wagen nach Hause zu fahren als in der stickigen U-Bahn. Wenn sie ihm einfach keine romantischen Signale sandte, dann würde schon nichts passieren. Außerdem hatte er ihr vor vierundzwanzig Stunden noch auf die Nase gebunden, dass sie ohnehin keine Frau für ihn wäre, weil sie leicht zu haben war. Es schien also alles im grünen Bereich zu sein.

„Also … wenn es dir wirklich nichts ausmacht", begann sie zögerlich.

„Quatsch, ich freu mich. Mein Wagen steht gleich da um die Ecke."

Wenig später saßen sie in Chris' Wagen – einem gelb-schwarzen Camaro, der genauso wie „Bumblebee" aus den Transformers lackiert war – und waren auf dem Weg Richtung Queens. Hallie grinste vor sich hin. Sie hatte Chris eher spießig eingeschätzt. Ihn in einem Volvo, einem Prius oder einem Audi gesehen. Aber ein Transformers-Camaro war dann doch eine kleine Überraschung.

„Was ist los?", fragte Chris, dem Hallies Grinsen nicht entgangen war.

„Ich hätte dich nicht in so einem Wagen gesehen", gestand sie.

„Was?"

„Wenn man mich gefragt hätte, dann wäre meine erste Wahl wohl nicht auf einen Camaro in Transformers-Lackierung gefallen, wäre es darum gegangen, welchen Wagen du fährst."

„Ich mag die Transformers. Hab als Kind gern mit den Plastikfiguren gespielt. Ich war immer schon eher der Transformers-Typ, als dass ich der Masters-of-the-Universe-Typ gewesen wäre." Er grinste. „Und mit dem Camaro hab ich mir einen Traum erfüllt. Warum also nicht zwei Fliegen mit einer Klappe schlagen."

Sie waren eine Weile still, ehe Chris das Wort ergriff.

„In welchem Wagen hättest du mich gesehen?", fragte er.

„Ich … Das weiß ich nicht", versuchte Hallie auszuweichen, doch Chris ließ nicht locker.

„Ach, komm schon. Ich weiß, dass du dir Gedanken darüber gemacht hast. Also – hinter welches Steuer würdest du mich setzen?"

„Ich … Na ja, ich hätte dir eben ein etwas … unscheinbareres Auto zugemutet", sagte sie lächelnd.

„Unscheinbarer?"

„Ich hätte dich in einem Prius gesehen. Oder eher in einem Volvo. Oder einem Chrylser."

„Einem Chrysler? Vermutlich dann auch noch in einem Town and Country aus den 80ern, in Kotzbeige und mit Holzverkleidung an den Seiten, richtig?" Er lachte und Hallie stimmte mit ein. Chris in einem uralten Town and Country war eine Vorstellung, die ihr Tränen in die Augen trieb.

„Das heißt, so spießig siehst du mich?"

„Nein, überhaupt nicht", sagte Hallie. „Nur, hätte ich dich eben für niemanden gehalten, der mit einem Transformer durch die Gegend fährt." Sie begann wieder, laut zu lachen, und auch Chris stimmte mit ein.

Einige Zeit später parkte Chris seinen Transformer auf dem Bordstein vor Hallies Haus. Die ganze Fahrt über hatte Hallie sich darüber Gedanken gemacht, wie es dann weiterging. Sollte sie ihn noch auf einen Drink reinbitten? Aber … dann würde er vielleicht davon ausgehen, dass sie ihn wieder ins Bett kriegen wollte. Sollte sie … ihn küssen? Und was, wenn er sie küsste? Was für ein Kuss würde das überhaupt werden? Einer auf die Wange? Auf den Mund? Ein leidenschaftlicher oder ein Oma-Kuss? Hallie bemerkte, dass dies alles Dinge waren, mit denen sie sich seit über zehn Jahren nicht mehr hatte herumschlagen müssen. Die Männer, die sie kennenlernte, brachten sie für gewöhnlich nicht bis nach Hause und legten auch keinen Wert auf Gute-Nacht-Küsse.

„Also", sagte Hallie, „da wären wir."
„Genau. Da wären wir."
„Dann … danke noch mal fürs Heimbringen. Ich hätte wirklich auch die U-Bahn nehmen können."
„Hab ich gern gemacht." Chris sah sie an. Vermutlich erwartete er tatsächlich eine Einladung auf einen Schlummertrunk. Aber … das konnte und wollte Hallie nicht tun. Chris war ein Mann für mehr als nur ein oder zwei Nächte. Und sie

selbst … war kein Beziehungsmaterial. Auch nicht in seinen Augen.

„Also dann, vielleicht sieht man sich ja irgendwann wieder", sagte Hallie. Sie hatte für sich beschlossen, so schnell wie möglich aus Chris' Wagen zu steigen. Das, was hier zu passieren schien, war nicht die Richtung, in die Hallie ihr Leben gelenkt hatte. Sie hatte die Autotür bereits geöffnet und einen Fuß auf dem Bordstein gehabt, als sie Chris' Hand an ihrem Arm spürte. Sanft zog er sie zurück und sie ließ ihn gewähren. Alles in ihr ließ ihn gewähren. Er sah in ihre Augen. Lange. Intensiv. Dann näherte er sich ihr und küsste sie auf die Lippen. Es war kein Kuss, wie Verliebte ihn sich üblicherweise in so einer Situation geben. Es war … ein perfekter Kuss. Er sah ihr eine Weile in die Augen, als der Kuss geendet hatte.

„Gute Nacht, Hallie", sagte er schließlich ruhig.

„G-gute Nacht", stottterte auch Hallie. Sie war aufgewühlt. Alles in ihr schien lebendig, ihr Bauch kribbelte, und sie hatte Mühe, nicht hinzufallen, als sie aus dem Wagen kletterte. Ihr Herz raste, ihr Atem ging stoßweise, und ihr war völlig klar, dass dieser Kuss etwas in ihr geändert hatte.

„Hallie?" Sie dreht sich noch einmal um. Wie wunderschön Chris' sanftes Gesicht doch war.

„Ja?" Ihre Stimme klang zittrig.

„Ich bin nicht wie andere Kerle", sagte er. „Ich breche keine Herzen."

sechs

*„Ich bin nicht wie andere Kerle. Ich breche
keine Herzen. Ich bin nicht wie andere Kerle. Ich
breche keine Herzen. Ich bin nicht wie andere
Kerle. Ich breche keine Herzen."* Chris' letzter
Satz ging Hallie nicht mehr aus dem Kopf. Die
gesamte letzte Viertelstunde ging er ihr nicht
mehr aus dem Kopf. Sie hatte versucht, sich ein-
zureden, dass Chris ihr nichts bedeutete, doch wie
konnte es sein, dass sie diesen Kuss nicht mehr
aus dem Kopf bekam? Und dass er ihr gesagt
hatte, dass er keine Herzen brechen würde. Für
einen kurzen Moment ging ihr der Gedanke durch
den Kopf, dass sie ihm das alles gerne glauben
würde. Vielleicht war Chris wirklich anders als
andere. Vielleicht zählte er nicht zu den Mistkerlen, die nur darauf aus waren, Trophäen zu sam-
meln. Vielleicht interessierte er sich wirklich für
sie. Vielleicht … Nein. Sie schüttelte den Kopf.
Irgendetwas an Chris stimmte nicht. Er war ein
gut aussehender Arzt Ende dreißig. Einer wie er
konnte jede haben und vermutlich war das auch
der Fall. Wahrscheinlich war er nur sauer auf sie,
weil sie ihm die Geschichte mit Amanda Marshall
aufgetischt hatte. Und er nicht zum Zug gekom-

men war, wenn es ums Abservieren ging. Im Laufe ihrer Dates und Bekanntschaften hatte sie schon eine ganze Menge solcher Dinge mitbekommen. Kerle, die einer Frau so lange die Sterne vom Himmel holten, bis sie gewiss waren, dass sie ihr Herz gestohlen hatten. Und dann … wurde man einfach fallen gelassen wie eine heiße Kartoffel. Nein. Sie war keine Frau, mit der ein Mann sich „den Rest seines Lebens" vorstellen konnte. Und das war auch gut so. Sie würde Chris vergessen und sich auf ihr Date mit Roy konzentrieren, den sie am nächsten Tag treffen würde.

***

Es war ein merkwürdiges Gefühl für Hallie, als sie am nächsten Abend vor Luigis Pizzeria stand und überlegte, ob sie das Restaurant betreten sollte oder nicht. Sie hatte durch die Fenster gelinst und Roy darin sitzen sehen, der zweifellos ziemlich gut aussah. Er war groß, Anfang vierzig mit einem markanten Gesicht und Tätowierungen. So, wie der Chat mit ihm angemutet hatte, würde Hallie sich auf eine heiße Nacht gefasst machen können, schmutzigen, harten Sex haben – und Roy danach vermutlich nicht wiedersehen. So, wie es immer gewesen war, und so, wie sie es immer hatte haben wollen. Unkompliziert und ohne Verpflichtungen. Und doch hatte sie beinahe

so etwas wie ein schlechtes Gewissen Chris gegenüber. Der hatte sich am Morgen mit einer
WhatsApp-Nachricht gemeldet und sich erkun-
digt, wie es ihr gehe. Sie hatten sich zwanglos
etwas unterhalten, ohne dass von Chris der Vorschlag gekommen war, ein neues Date zu verein-
baren. Gegen Mittag war die Konversation dann
abgebrochen und hatte sich auch nicht mehr fort-
gesetzt. Den ganzen Tag über hatte Hallie ihr
Handy nicht aus den Augen gelassen und immer
wieder überprüft, ob Chris sich bei ihr gemeldet
hatte, doch es war nichts mehr von seiner Seite
gekommen. Sie hatte ihre Mutter sogar gebeten,
ihr eine Test-Nachricht zu schicken, weil sie
glaubte, dass ihr WhatsApp den Geist aufgegeben
hatte. Doch dem war nicht so. Chris hatte sich
eben einfach nicht mehr gemeldet. Gegen Abend
hatte sie dann – in ihrer Meinung, dass alle Kerle
ohnehin Schweine waren, bestärkt – begonnen,
sich für ihr Date mit Roy fertig zu machen. Ein
letzter Blick noch auf ihr Smartphone. Wenn
Chris sich jetzt gemeldet hatte und ihr vorschlug
… Das Display erwachte zum Leben und verkündete, dass niemand in der letzten Stunde nach
Hallie Sehnsucht gehabt hatte. Chris hatte sie
einfach ignoriert und nichts mehr von sich hören
lassen. Bestimmt wollte er nur abchecken, ob er
sie doch haben konnte. Und sie war so blöd gewesen, ihm völlig auf den Leim zu gehen. Hallie
sah, wie Roy auf seine Armbanduhr blickte. Sie
öffnete die Tür und ging hinein.

Eine Stunde später war Hallie etwas desillusioniert. Roy sah zwar ganz ansehnlich aus, doch er war kaum in der Lage, ein sinnvolles Gespräch zu führen. Er faselte in einem durch von den Frauen, die er über Tinder und zahlreiche weitere Dating-Apps kennenlernte und die ihn alle für unwiderstehlich hielten. Schon bei der Vorspeise war Hallie klar geworden, dass Roy sie absolut nicht reizte … und dass er – auch wenn er optisch der Hammer war – heute vermutlich allein nach Hause gehen würde. Sie stellte fest, dass der Umstand, dass Roy nicht gerade die hellste Kerze auf der Torte war, sie früher nicht gestört hätte, die Nacht mit ihm zu verbringen. Ganz im Gegenteil, Typen wie Roy waren einfach wieder loszuwerden. Man konnte ihnen die abenteuerlichsten Geschichten auftischen und sie kauften sie einem problemlos ab. Und wenn sie das nicht taten – wen juckte es schon. Außerdem wusste Hallie, dass Männer wie Roy zwar nicht gerade mit Intelligenz gesegnet worden waren, dafür aber andere „Fähigkeiten" besaßen, mit denen sie – zumindest für ein paar Stunden – punkten konnten. Den ganzen Abend über waren Hallies Gedanken zu Chris abgedriftet. Sie hatte mehrfach verstohlen auf ihr Handy gesehen, doch er hatte sich nicht bei ihr gemeldet. Das alles war doch lächerlich. Was an ihm war so besonders, dass er ihr einfach nicht mehr aus dem Kopf gehen wollte? Und warum konnte sie ihn nicht einfach vergessen? Während Roy in einem monotonen Singsang – wie konnte jemand nur eine so dümmliche Stimme haben – daherlamentierte, dass er vor zwei Wochen einen Dreier mit einem Mutter-Tochter-Gespann gehabt hatte, drifteten Hallies Gedanken zu all den Malen ab, an denen sie Chris begegnet war. Ihre erste gemeinsame Nacht. Dann das Zusammentreffen im Krankenhaus. Das Barbecue bei ihren Eltern, wie er sie am Abend besucht hatte … all die vielen Male, die sie in seiner Nähe gewesen war und bei denen sie sich so glücklich und wohl gefühlt hatte. So … anders als in der Gegenwart von all den anderen Kerlen, die sie im Laufe der Jahre getroffen hatte.

„… und du kannst dir gar nicht vorstellen, was für besondere Dinge Angie mit ihren …" Roy grinste dämlich in die Gegend. Hallie wunderte sich, dass ihm bei all seinen Ausführungen noch kein Sabberfaden den Mundwinkel hinunterlief.

„Hör mal, Roy, ich möchte hier abbrechen", begann sie. Sie wollte zu Chris. Sie wollte ihm sagen, dass er mehr für sie war als eine heiße Nacht und guter Sex. Sie wollte mit ihm lachen, wissen, was ihn bewegte, und neben ihm aufwachen. Und sie wollte ihm beweisen, dass sie sehr wohl Beziehungsmaterial sein konnte.

„Ich geh mal schnell die Boa würgen", sagte Roy, ohne auf Hallies Aussage, sie würde das Date hier abbrechen wollen, einzugehen.

„Was?"

„Ich muss pissen. Willst du mitkommen und gleich eine kleine Nummer im Klo schieben?" Er grinste dümmlich. „Damit du einen Vorgeschmack darauf bekommst, was dich später noch so erwartet."

„Nein, danke, Roy, ich denke, wir sollten das generell auch beenden hier."

„Gute Idee. Ich bin schon ganz heiß auf dich." Roy zwinkerte ihr zu. „Lauf nicht weg, Baby, heute ist die Nacht deines Lebens."

Hallie schüttelte den Kopf, als Roy von dannen ging und dabei einer Kellnerin derart penetrant auf den Hintern starrte, dass sie sich vor ihm ekelte. Sie würde die Rechnung verlangen und bezahlen. Dann würde sie nach Hause fahren und Chris anrufen. Chris. Er ging ihr so sehr im Kopf herum, dass sie ihn sogar im Eingang des Luigis stehen sah, wie er mit einem Kellner sprach. Jetzt führte der Kellner ihn zu einem Tisch und … Das hier war keine Halluzination. Das hier war tatsächlich Chris, der mitten im Luigis stand und vom Kellner in ihre Richtung geführt wurde. Ihr Herz raste. Warum war Chris hier? Was tat er hier? War er verabredet? Mit wem? Mit Geschäftspartnern? Mit Todd? Am Ende mit einer Frau? Und wie sollte sie jetzt reagieren? Hallie rutschte ein kleines Stück ihren Stuhl hinunter, doch es war zu spät. Chris hatte sie gesehen.

„Hallie, hey." Er blieb an ihrem Tisch stehen und beäugte neugierig das zweite Gedeck ihr gegenüber.

„Chris. Was machst du denn hier?" Hallie war aufgestanden und Chris hatte sie freundschaftlich umarmt. Dass er sie hier höchstwahrscheinlich mit Roy antreffen würde, kam denkbar ungünstig. Sie würde genau den Eindruck verstärken, den Chris von ihr hatte, wenn er sie jetzt mit Roy sah.

„Ich bin zum Essen verabredet", sagte er kryptisch. Eine Info, mit wem er zum Essen verabredet war, war das nicht.

„Ich auch", gab Hallie zurück. War das hier ein Zeichen? Sollte sie Chris gleich auf die Gefühle ansprechen, die sich seit einiger Zeit in ihr ausbreiteten? Oder sollte sie ihn für diesen Abend lieber in Ruhe lassen? Sie konnte ihn fragen, ob sie am nächsten Tag brunchen wollten oder … sich zum Abendessen treffen. Als Hallie gerade mit einem Vorschlag für ein Date herausrücken wollte, legten sich spitz und lang manikürte, knallrote Fingernägel auf Chris. Revers. Wie Schlangen wirkten die beiden Arme, die zu einer mondän wirkenden Frau gehörten, die jetzt hinter Chris auftauchte.

„Chris, mein Junge. Du lässt mich warten?" Sie warf Hallie einen abschätzigen Blick zu, der die Farbe aus dem Gesicht lief. „Willst du mir die Kleine hier nicht vorstellen?" Chris' Gesichtsfarbe verabschiedete sich ebenso. Etwas verloren stand er zwischen den beiden Frauen und wusste nicht so recht, was er tun sollte.

„Elaine, das hier ist Hallie. Sie ist die Schwester der Freundin meines Bruders", stellte er nach einigen Augenblicken des Schweigens fast peinlich berührt vor. „Und, Hallie, das ist Elaine, eine gute Freundin von mir."

Hallie spürte Wut in sich aufbrodeln. Sie hatte es gewusst. Chris war um keinen Deut besser als all die anderen Mistkerle, die sie im Laufe der Jahre gedatet hatte. Und sie war ihm beinahe auf den Leim gegangen. Und wie er sie bezeichnet hatte. „Die Schwester der Freundin meines Bruders." Wie jemand unglaublich Nerviges, mit dem man um nichts in der Welt in Verbindung gebracht werden wollte, während diese merkwürdige Elaine eine „gute Freundin" war.

„Freut mich, Hallie", sagte Elaine und musterte Hallie von oben bis unten. Sie kam sich vor wie ein Stück Fleisch in der Vitrine. „Ich muss dir Chris nun leider entführen, er hat mir einen ganzen Abend nur für mich allein versprochen", murmelte sie nun vielsagend.

„Schon okay", sagte auch Hallie. Sie hatte sich mittlerweile wieder ein bisschen gefasst. „Ich selbst bin ohnehin auch mit meinem Date hier." Sie sah Roy, wie er von den Toiletten zurückkam und sich nach einer anderen Kellnerin umdrehte, sodass er in einen Philodendron lief und fast zu Boden segelte. Wie gut, dass Roy so exzellent aussah. Wenn er halbwegs den Mund hielt, würde er etwas Eindruck schinden können.

Entrüstet sah Chris Roy an, der sich siegessicher neben Hallie stellte und einen Arm um sie legte, so, als wollte er sämtliche Eigentumsrechte von vornherein abklären.

„Chris, Elaine, das ist Roy. Ein besonderer Mann in meinem Leben."

Roy rülpste kurz, dann grinste er dümmlich und sah von Chris zu Elaine und wieder zu Chris.

„Hey, ich bin Roy", sagte er. „Und die Kleine hier wird heute die Nacht ihres Lebens haben. Ich hab mir meinen Saft extra die ganze Zeit seit Freitag aufgespart. Da hatte ich einen Dreier mit einem Mutter-Tochter-Gespann. Das war echt geil."

Hallie rollte die Augen. In Anbetracht der Tatsache, dass gerade erst Montag war, war Roys Sexverzicht nichts, womit er sich mit Ruhm bekleckerte. Und die Info mit seinem Mutter-Tochter-Dreier hätte er sich sehr wohl auch sparen können. Chris blickte Hallie jetzt schockiert und angewidert an.

„Dann wollen wir nicht länger stören", sagte er einsilbig und wandte sich von Hallie ab.

„Gut", sagte die, „wir wollten ohnehin auch aufbrechen. Wir haben noch … etwas vor heute Abend."

„Wollen wir zu dir oder zu mir gehen?", fragte Roy, als sie das Luigis verlassen hatten.

„Ich gehe zu mir, du gehst zu dir", erklärte Hallie.

„Aber … wie wollen wir es dann treiben?"

„Wir treiben es nicht, Roy."

„Nicht? Aber drinnen hast du gesagt …"

„Vergiss einfach, was ich da drin gesagt habe, okay?" Hallie war aufgebracht. Sie konnte es nicht fassen, dass sie sich so in Chris getäuscht hatte. Sie hätte fast die Hand für ihn ins Feuer gelegt, dass er anders war als die anderen. Sie hatte tatsächlich mit dem Gedanken gespielt, ihre Prinzipien über Bord zu werfen und ihn näher kennenzulernen, und dann war er um nichts besser als all die anderen.

„Ich habe einen ganzen Abend mit dir verbracht und kann jetzt nicht mal vögeln?" Roy klang beleidigt.

„Ja. Du bist wirklich sehr bemitleidenswert."

„Wo soll ich denn jetzt noch jemanden zum Vögeln herbekommen?", klagte Roy weiter, als hätte man ihm soeben mitgeteilt, dass er nur noch drei Tage zu leben hatte.

„Weißt du was? Das ist mir egal. Du kannst ja dein Mutter-Tochter-Gespann anrufen." Hallie ging davon und ließ Roy auf dem Bürgersteig zurück. Dann winkte sie sich ein Taxi heran.

***

Sie konnte es immer noch nicht fassen, dass sie sich so in Chris getäuscht hatte. Wie ein Häufchen Elend saß sie auf der Rückbank des Taxis und ließ die Situation immer und immer wieder Revue passieren. Was fand Chris nur an dieser merkwürdigen Frau? Sie konnte doch unmöglich sein Typ sein. Oder etwa doch? Er hatte immer steif und fest behauptet, er stehe auf natürliche Frauen, humorvoll, empathisch und nett. Diese Person im Luigis hatte keine dieser drei Eigenschaften verkörpert, ganz im Gegenteil. Aber egal. Chris war genauso wie all die anderen Kerle, die sie kennengelernt hatte. Er hatte sein Arschloch-Gen eben nur etwas besser versteckt als all seine Geschlechtsgenossen.

„Sie können mich da an der Ecke rauslassen", sagte sie zu dem Fahrer, als sie in ihren Block einbogen. Sie wollte sich noch etwas Kalorienreiches und vielleicht eine Flasche Champagner von dem kleinen Laden holen, der rund um die Uhr geöffnet war. Jetzt begann sie tatsächlich, so zu leben wie all die Frauen da draußen, die sich grämten, wenn sie von ihrem Liebsten abserviert wurden und sich mit Alkohol und Kalorien trösteten.

„Alles klar, Miss, das macht dreiundzwanzig Dollar", sagte der Fahrer. Hallie reichte ihm einen Zwanziger und einen Fünfer und stieg aus. Kurze Zeit später schlenderte sie mit einer Tüte aus dem „Little Grocery Store" den Bürgersteig entlang. Sie war heilfroh, dass sie Chris nicht nach einem Date gebeten hatte. Sie hätte sich bis auf die Knochen blamiert. Aber zumindest konnte sie jetzt wieder problemlos ihren Tinderdates nachgehen. Sie zog ihr Smartphone aus der Tasche und wischte die ersten paar Vorschläge nach links. Ärger keimte in ihr auf. War es denn die Möglichkeit, dass in New York nur noch absolute Freaks verfügbar waren? Da waren Kerle, die noch bei ihren Müttern lebten, welche, die aussahen, als wären sie gerade aus einem Loch gekrochen, und wieder andere, die noch nicht einmal zwei gerade Sätze zustande brachten. Das hier … machte doch alles keinen Sinn mehr, oder? Es war scheiße, jedes Wochenende andere Kerle zu daten und wahllos mehr oder weniger schlechten Sex mit ihnen zu haben. Sie wollte das, was sie vor zwei Tagen mit Chris gehabt hatte … diesen lustigen Abend vor dem Fernseher mit dem Jelly-Bean-Spiel. Doch das würde sie niemals haben. Für Chris war sie einfach nur eine Nummer. Eine Trophäe. Jemand, der nichts weiter war als „die Schwester der Freundin meines Bruders." Was für ein Mistkerl er doch sein musste, wenn er noch vor zwei Tagen versucht hatte, bei Hallie zu landen. Und wie herzensgut er am Vorabend noch getan hatte, als er behauptet hatte, er wäre anders als andere Kerle. Und er würde keine Herzen brechen. Klar. Keine Herzen brechen am Arsch.

sieben

Hässlich. Idiot. Sieht aus, wie aus dem Knast entflohen. Was für ein bescheuertes Profilbild. Hallie wischte alle potenziellen Dates, die Tinder ihr anbot, rigoros nach links. Dabei projizierte sie die Wut, die sie eigentlich für Chris empfand, auf all die unschuldigen Romeos, die auf Tinder nach ihrer Prinzessin suchten. Vermutlich hätte sie in diesem Moment sogar Chris Hemsworth nach links gewischt und ihn „hässlich" genannt. Sie war so sauer. Auf sich selbst, weil sie gedacht hatte, Chris wäre anders, und weil sie ihr Leben, mit dem sie eigentlich ganz zufrieden war, umgekrempelt hätte. Wie demütigend wäre es wohl gewesen, wenn sie ihm ihr Herz ausgeschüttet und er ihr erklärt hätte, dass er kein Interesse an ihr hatte? Auf ihn, weil er nicht anders war. Und auf die Situation, weil sie geglaubt hatte, endlich aus diesem Trott ausbrechen zu können, in dem sie seit zehn Jahren gefangen war. Sie dachte, das, was sie für Chris empfunden hatte, hätte Liebe sein oder zumindest werden können. Diese Schmetterlinge, die sich bemerkbar gemacht hatten. Das Herzklopfen, wenn er ihr eine Nachricht schickte. Und das ewige Aufs-Handy-Gucken, wenn sie darauf wartete, dass er sich meldete. Sie bereute, sich nicht eine Flasche Hochprozentiges gekauft zu haben, und ihr wurde schlagartig wieder bewusst, warum sie in den letzten Jahren keine Beziehung eingegangen war. Weil am Ende jeder Liebesbeziehung dieser unsagbare Schmerz stand, ohne den sie ziemlich gut leben konnte.

Als Hallie um die Ecke ihres Hauses bog, stieß sie unsanft mit jemandem zusammen. Sie hatte ihren Blick immer noch auf ihr Handy gerichtet gehabt und gehofft, den nächsten Tinderromeo vorgeschlagen zu bekommen.

„Können Sie nicht aufpassen", rief sie aufgebracht. „Was haben Sie überhaupt zu nachtschlafender Zeit vor meinem Haus zu …" Sie machte eine Pause. „Suchen." Setzte sie dann noch der Vollständigkeit halber hinzu. Das war Chris, der hier vor ihrer Tür stand und mit ihr zusammengeknallt war.

„Was suchst du hier?", keifte sie ihn aufgebracht an. Am liebsten wäre sie ihn angesprungen und hätte ihn k. o. geschlagen.

„Hallie, wir müssen reden. Das geht so nicht", sagte Chris relativ ruhig.

„Wir haben uns gar nichts zu sagen. Außerdem … wo hast du überhaupt deine maniküre Schnalle gelassen? Solltest du nicht bei ihr sein? Immerhin hast du ihr doch einen ganzen Abend nur für sie allein versprochen." Den letzten Satz äffte sie nach.

Ein Lächeln zeichnete sich auf Chris' Lippen ab.

„Dein Galan von vorhin ist ja auch nicht bei dir." Er grinste. „Obwohl ihr ja gar nicht schnell genug wegkommen konntet, weil du ‚die Nacht deines Lebens' erleben solltest." Er zwinkerte ihr zu.

„Was willst du hier, Chris?", fragte Hallie genervt. „Wie ich schon sagte, wir haben uns nichts zu sagen." Sie wollte ihn nicht hier vor ihrer Tür stehen sehen. Wollte nicht wieder weich werden und sich irgendwelche Hoffnungen machen, von wegen, sie beide hätten doch eine gemeinsame Zukunft.

„O doch. Wir reden, Hallie, da kannst du dir sicher sein." Chris berührte Hallie am Arm und ein Stromstoß ging durch ihre Adern. Gott, hatte dieser Mann eine Wirkung auf sie.

„Ich will nichts von dir, Chris. Du kannst also getrost wieder zu deinem Date zurückgehen und dir von ihr eine heiße Nacht bescheren lassen. Vielleicht ist sie ja besseres Beziehungsmaterial, als ich es jemals sein werde."

Chris sah Hallie an. Einen Moment zu lange. Dann begann er breit zu lächeln und Hallie hasste ihn dafür.

„Also eigentlich … würde Elaine lieber dir als mir eine heiße Nacht bescheren." Verschmitzt grinste er.

„Was?" Sollte das hier eine Einladung zu einem Dreier sein? Wie dreist konnte dieser Mann eigentlich noch sein?

„Ich denke wirklich, dass du jetzt gehen solltest, Chris", sagte Hallie hart. Sie wollte nur noch, dass er verschwand. Von ihrem Haus und aus ihrem Leben. Sie wollte sich drinnen einschließen und losheulen. Und darauf hoffen, dass diese Sache nicht wieder so endete wie die mit Tom damals.

„Nein. Warte, Hallie. Wirklich. Es ist wichtig. Da ist nichts zwischen Elaine und mir. Sie ist nur die Tochter eines Privatiers, der mich als Arzt für sein Privatkrankenhaus anheuern möchte. Sie leitet die Personalabteilung dort und das Unternehmen hat mir eine ganz anständige Summe angeboten. Ich habe von vornherein kein großes Interesse an der Stelle bekundet, allerdings haben sie so lange nicht lockergelassen, bis ich mich zu diesem Essen heute Abend habe überreden lassen. Ich werde die Stelle aber ablehnen, weil ich nichts davon halte, nur Überprivilegierte und reiche Pinkel zu behandeln, wo es in der normalen Medizin doch viel intensivere Notfälle gibt."

„Spannend", sagte Hallie gelangweilt, um Chris zu vermitteln, dass sie ihm kein Wort glaubte. „Meine Geschäftsessen laufen übrigens auch immer so ab, dass mich meine Geschäftspartner betatschen und mich fast vor versammelter Mannschaft abschlecken."

Chris lachte. „Du bist eifersüchtig", stellte er fest.

„Ich bin NICHT eifersüchtig", sagte Hallie bestimmt. „Ich habe nur Augen im Kopf."

„Dann brauchst du wohl eine Brille. Elaine Dawson ist lesbisch. Sie wurde gerade frisch von ihrer Exfrau geschieden und hat etwas Ablenkung gebraucht. Außerdem … hast du ihr ziemlich gut gefallen."

„Du hast ja einen Knall", sagte Hallie und versuchte, an Chris vorbeizugehen, der seinen Griff um ihren Arm verstärkte.

„Warum zur Hölle wehrst du dich so dagegen?", fragte er. Ihre Blicke begegneten sich und Hallie bekam den ihren nicht mehr von Chris los. Sie spürte, wie seine zweite Hand ihren linken Arm umfasste und er sie nun vor sich hielt. „Warum … kannst du dich nicht einfach darauf einlassen? Ich sagte dir schon, dass ich anders bin."

„Klar. Jeder Kerl sagt, dass er anders ist." Hallie lachte verächtlich. „Und am Ende seid ihr alle gleich."

„Du hast Angst, stimmts?", fragte Chris sie jetzt herausfordernd. „Du willst dich auf mich einlassen, aber du traust dich nicht. Du hast Angst, dass du dich irren könntest. Hast Angst, dass das zwischen uns beiden wirklich klappen könnte. Und dass du dein Herz öffnen musst. Dass du nicht länger diese Eiskönigin sein kannst, die Kerle nach Strich und Faden benutzt. Dass du dich in mich verliebst. Und dass du auch Liebe zurückgeben musst. Dass du am nächsten Tag nicht einfach abhauen und so weitermachen kannst wie bisher."

Hallie machte sich frei. „Du redest so viel Bullshit, Chris", sagte sie. „Such dir ein Mädchen, das zu dir passt. Das „beziehungstauglich" ist. Aber lass mich in Ruhe." Damit ging sie auf ihre Tür zu, schloss auf und ging ins Haus.

***

Eigentlich hatte Hallie damit gerechnet, dass Chris ihr nachlaufen würde. Sie bitten würde, ihn noch weiter anzuhören und mit ihm zu reden, doch er hatte nichts dergleichen getan. Sie wusste ja selbst nicht, warum sie es ihm und auch sich selbst so derart schwer machte. Sie wollte es mit Chris versuchen. Da waren all diese Gefühle in ihr, die sie nicht zu deuten wusste, und diese Anziehungskraft, die Chris auf sie ausstrahlte. Und vielleicht hatte er recht. Sie hatte Angst, sich öffnen zu müssen. Als Hallie sich einige Minuten nach ihrem Abgang dazu durchgerungen hatte, durchs Fenster zu linsen, das hinauf auf die Straße führte, war Chris weg gewesen. Sie war eine Idiotin. Sie hätte ihn zumindest anhören können. Doch einen auf Dramaqueen zu machen und einen bühnenreifen Abgang hinzulegen, lag ihr wohl eher. Zumindest konnte sie sich jetzt sicher sein, dass sie Chris ein für alle Mal vergrault hatte. Andererseits – hatte er sie wirklich für so blöd gehalten, dass sie ihm abkaufte, die Frau aus dem Restaurant wäre eine lesbische Geschäftspartnerin? Klar.

Sie hatte sich durch ihre Einkäufe gefuttert und eine Tüte Essigchips geöffnet, nachdem sie einen ganzen Becher Ben & Jerry's „Karamel Sutra" verspeist hatte. Dazu trank sie große Schlucke aus einer Cokeflasche. Dass sie am nächsten Tag vermutlich fünf Kilo schwerer und ihr so richtig übel sein würde, war ihr klar. Aber offensichtlich war das nun ihr Leben. Sie fand noch nicht einmal mehr einen Typen auf Tinder, der sie annähernd interessierte. Was blieb ihr also weiter übrig, als sich mit ungesundem Mist vollzustopfen und ihre Glückseligkeit in Kalorien, Kohlehydraten, Fett und Zucker zu finden.

Plötzlich begann jemand, wie verrückt an Hallies Tür zu klopfen. Sie schrak auf. Es war nach Mitternacht, wer sollte das wohl sein? In Gedanken ging sie vergangene Dates durch, die sie möglicherweise vor den Kopf gestoßen hatte, doch es fiel ihr niemand ein, der solche Sehnsucht nach ihr hätte haben können, dass er zu so nachtschlafender Zeit bei ihr auftauchte. Roy vielleicht? Nein. Erstens war der zwar dumm wie Bohnenstroh, aber nicht gewalttätig. Außerdem wusste er nicht, wo Hallie wohnte. Und so clever, das irgendwie herauszufinden, war er nicht. Und Becky? Hatte sie sich vielleicht den Unmut eines verschmähten Liebhabers geangelt? Zaghaft ging Hallie zur Tür.

„Wer ist da?" Sie wünschte, sie hätte sich einen Hund angeschafft. Einen großen, Furcht einflößenden Rottweiler, der – wer immer da draußen sein mochte – denjenigen in die Flucht schlagen würde.

„Ich bin's, Chris", sagte die Stimme von draußen. „Mach sofort die Tür auf, Hallie." Hallies Herz setzte einen Schlag aus. Was hatte Chris hier zu suchen? Ohne groß darüber nachzudenken, öffnete sie die Tür einen Spalt. Im nächsten Moment wurde die Tür sperrangelweit aufgerissen und Chris stand vor ihr. Wie paralysiert sahen die beiden einander an. Hallies Herz klopfte bis zum Hals. Als Chris einen Schritt auf sie zu machte, war sie im ersten Moment versucht, zurückzuweichen, doch sie blieb standhaft. Dann stand er vor ihr. Sein Atem ging schwer, seine Augen fixierten sie, und sie verzehrte sich danach, endlich von ihm berührt zu werden. Ohne ein Wort zu sagen, riss er Hallie in seine Arme und küsste sie. Seine feuchten, heißen Lippen trafen ihre, sein Körper presste sich an sie. Sie spürte, wie ihre Knie weich wurden und wie sie zu fallen drohte, doch Chris hielt sie fest in seinen Armen. Seine Zunge suchte ihren Weg in Hallies Mund, spielte mit der ihren. Ihre Lippen pressten sich aufeinander.

„Was machst du hier?", fragte Hallie, als der erste Kuss versiegt war. Chris hatte Hallie an die Wand gedrückt, seine Stirn an ihre gelegt und sah sie an.

„Ich wollte nach Hause. Ich … wollte dich vergessen. Aber scheiße, Hallie, ich weiß nicht, was du mit mir machst. Ich krieg dich nicht aus meinem Kopf. Auch dann nicht, wenn ich mir immer wieder vor Augen führe, dass du mich angelogen und verarscht hast. Ich bin durch die Straßen getigert und habe versucht, dich aus dem Kopf zu bekommen. Dich zu vergessen. Aber … ich kann es einfach nicht."

„Chris … ich …", begann Hallie. Sie wollte ihm erklären, warum sie nicht die geeignetste Person für eine feste Beziehung war. Und schon gar nicht für einen Kerl wie ihn.

„Sch", sagte Chris sanft und legte ihr seinen Zeigefinger auf die Lippen. „Ich habe dir doch gesagt, dass ich anders bin als andere Kerle, Hallie. Ich breche keine Herzen. Du bist sicher bei mir."

ZWEI MONATE SPÄTER

acht

„Willst du wirklich, dass ich das tue?" Chris
sah Hallie skeptisch an, auf deren Gesicht sich ein
Lächeln abgezeichnet hatte.

„Aber so was von. Los, mach schon."
„Ich denke, bei dir hat das ganz andere Auswirkungen, als es bei mir hat." Er klang fast etwas
unsicher.

„Pfeif auf die Auswirkungen."
„Du wirst Millionen von Männern da draußen das
Herz brechen und ich bin schuld daran." Theatra-
lisch grinste Chris.

„Die Millionen von Männer werden es überleben."

„Soll ich wirklich?"
„Ja, du sollst." Lachend schob sie ihm ihr Handy
hin. „Ich habe dir die Einstellungen schon geöffnet, du musst praktisch nur noch das Knöpfchen
drücken."

Chris nahm das iPhone und betrachtete es.
„Ich tu es jetzt", sagte er fast verschwörerisch.

„Ich bitte darum." Hallie lachte.

„Danach gibt es kein Zurück mehr." Er sah
sie an.

„Also, wenn du's jetzt nicht selber tust, dann tu

ich es."

„Okay." Er scrollte in den Einstellungen der Tinder-App bis ganz nach unten, wo als letzter Punkt die Schaltfläche „Konto löschen" angebracht war. Fast zögerte er einen Augenblick, als er die Schaltfläche betätigte und bestätigte, dass das Konto tatsächlich und unwiderruflich gelöscht werden sollte. Hallie grinste breit, als sie ihm dabei zusah.

„So, erledigt", sagte er schließlich und hielt ihr das Handy hin. Das Display forderte sie jetzt dazu auf, sich bei Tinder zu registrieren, um mit Menschen aus ihrer näheren Umgebung in Kontakt zu kommen.

„Perfekt." Hallie nahm ihm das Handy aus der Hand und löschte das App-Symbol von ihrem Display.

„Das ist das erste Mal in meinem Leben, dass ich tinderfrei bin, seit es die App gibt." Sie schmunzelte. Sie hatte oft mit sich gehadert und die App fast als lebenswichtig bezeichnet. Immerhin holte sie sich darüber die Aufmerksamkeit und die Beachtung von Männern, die ihr sonst verwehrt blieb. Natürlich hatte sie vor Chris auch auf normalem Wege Kerle kennengelernt, mit denen sich hin und wieder ein kleines Stelldichein ergeben hatte, doch die App war bequem und es hatte sich eigentlich fast immer ein Mann gefunden, wenn einer benötigt wurde. Tinder war für Hallie fast so etwas wie Amazon für Dates geworden. Auf Amazon bestellte sie Bücher, Elektrokram und Dinge des täglichen Lebens, auf Tinder „bestellte" sie Kerle für die eine oder andere heiße Nacht. Doch jetzt war das alles nicht mehr notwendig.

Sie und Chris waren seit über zwei Monaten ein Paar und es lief großartig. Hallie hatte nicht gedacht, dass es so einfach sein konnte, mit einem Mann eine dauerhafte Beziehung zu führen. Ihr waren in den letzten Wochen all die Kleinigkeiten aufgefallen, die ihr verwehrt geblieben waren, weil sie niemals eine feste Beziehung zugelassen hatte. Wie etwa die Vertrautheit, die sich nach und nach zwischen den Partnern aufbaute. Das warme Gefühl, das der andere in einem auslöste, und das angenehme Kribbeln, wenn man sein Gegenüber mehr und mehr kennenlernte. Dieses Wissen, dass man da angekommen war, wo man eigentlich hinsollte. In den vergangenen acht Wochen hatte Hallie genau das erlebt, was sie die vergangenen Jahre vermisst hatte. Sie und Chris waren gemeinsam zum Sport gegangen, veranstalteten gemeinsame, romantische Abendessen und verbrachten verregnete Sonntage im Bett. Es war alles so leicht, so einfach, seit sie sich dazu entschlossen hatte, Chris eine Chance zu geben. Sie hatte sich Chris voll hingegeben, lange mit ihm über die Trennung von Tom gesprochen und über die Ängste und Gefühle, die diese Trennung damals ausgelöst hatte. Und … sie hatte Chris zu der alten Eiche im Central Park mitgenommen, an der sie nach der Trennung oft ganze Tage und Abende, bis spät in die Nacht hinein, verbracht hatte. Die Eiche hatte ihr damals Kraft gegeben, wie sie stark mit der Erde verwurzelt war und wie sie Wind, Wetter und Gezeiten trotzte. Wie sie Unwettern standhielt und über allem aufragte, was sich ihr in den Weg stellte. In der Zeit nach der Trennung war es die Eiche gewesen, bei der Hallie sich geborgen fühlte. Nicht ihr Zimmer in ihrem Elternhaus auf Long Island, nicht die gut gemeinten Gespräche mit ihrer Mutter oder die Besuche ihrer Freudinnen. Es war die Eiche gewesen. Wenn Hallie darunter saß, fühlte sie sich vom Rest der Welt abgeschnitten. Der Schmerz hörte auf zu existieren, und sie fand einige wenige klare Momente, um zumindest etwas Kraft zu tanken. Damals hatte sie sich geschworen, dass sie diesen Kraftort niemals jemandem zeigen würde. Doch bei Chris ... stellte sich schnell das Gefühl ein, dass sie diesen Ort unbedingt mit ihm teilen wollte. Und so waren sie an einem Freitagabend, nachdem die Dämmerung bereits über die Stadt hereingebrochen war, in den Park gegangen und hatten sich unter die Eiche gesetzt. Hallie hatte einen Picknickkorb gepackt und eine Decke mitgenommen. Und sie und Chris hatten die ganze Nacht bis zum Sonnenaufgang unter der Eiche gesessen und über Gott und die Welt gesprochen. Sie hatten mit angesehen, wie die Sonne nach einer langen Nacht wie ein silbriger Streifen auf dem Horizont erschien, darauf hinaufkletterte und die Stadt schließlich in ihr helles Licht tauchte. Und als die Sonne schließlich über Manhattan aufgegangen war, war Hallie sich sicher, dass Chris der Mann für sie war.

***

Als die beiden wenig später hinunter in die Küche kamen, saß Rebecca schon am Tresen, und ihr Finger führte die Hallie so bekannte Wischbewegung – meist nach links – aus.

„Na, ihr Turteltauben?" Becky sah auf, als Chris und Hallie eintraten. Mittlerweile hatte sie sich daran gewöhnt, Chris als fast ständigen Hausgast um sich zu haben, und obwohl es für sie zunächst seltsam war, weil eine alte Hausregel besagt hatte, dass Männer NIE, NIE, NIE, NIEMALS über Nacht bleiben durften, profitierte auch sie von Chris' Eigenschaften als Mann. So war der Wasserspender in der Küche ständig mit einer Flasche frischen Wassers befüllt, und Chris hatte irgendeine seltsame Einstellung am Surroundsystem vorgenommen, sodass der Sound jetzt sogar aus den Lautsprechern in der Decke kam, die Hallie und Becky bislang immer nur als nutzlose Deko betrachtet hatten. Außerdem war Chris ein Meister am Grill, und er war auch ganz gut darin, Frühstück zuzubereiten. Becky vergönnte es Hallie, sich wider Erwarten nun doch auf eine feste Beziehung eingelassen zu haben, wenngleich sie selbst sich niemals für einen einzigen Mann entschieden hätte. Ihr war es fast genauso ergangen wie Hallie damals. Sie hatte ihren Exfreund praktisch in flagranti mit der Nachbarin erwischt, als sie eines Tages früher aus dem Büro zurückgekommen war. Im Nachhinein hatte sie dann erfahren, dass Jon sie eigentlich mit allem betrogen hatte, was einen Rock trug und nicht bei drei auf den Bäumen war. Durch seinen Job als Bauleiter bei einem Unternehmen, das staatenweit agierte, kam er ziemlich viel rum. Und hatte praktisch in jeder Ecke des Landes eine andere Frau beziehungsweise sich durch jedes Freudenhaus des Landes „gearbeitet". Damals, als die Trennung richtig hässlich wurde, hatte er Becky vorgeworfen, dass sie selbst schuld daran sei, dass es zwischen ihnen nicht mehr gelaufen war, weil sie nie auf seine Wünsche und Bedürfnisse eingegangen war. Diese Wünsche und Bedürfnisse hatten sich darin geäußert, dass Jon ein Fuß- und ein Haarfetischist war, der darauf bestand, dass seine Partnerin aufhörte, sich zu rasieren sowie in nuttigen Stilettos und Strumpfhosen – und sonst nichts – durch die Wohnung lief. Er bestand darauf, dass seine Partnerin in diesem Outfit täglich herumlief. Sobald sie aus dem Büro kam, sollte sie sich umziehen und so durch das Appartement laufen. Natürlich war das für Becky, die oft Zwölf-Stunden-Tage hinter sich hatte und mit einer fiesen Migräne kämpfte, ein No-Go. Sie wollte, dass ihr Partner sie als das betrachtete, was sie war, eine integere, toughe, humorvolle Frau. Aber nicht, dass er sie für eine billige Bordsteinschwalbe hielt. Außerdem hielt Jon sich selbst für ein besonderes Geschenk für die Weiblichkeit. Und sich offenbar für sehr begehrenswert, sodass er es sich gegen Ende der Beziehung zur Angewohnheit gemacht hatte, ständig nur noch nackt zu sein. Er lief nackt in der Wohnung herum, lag nackt im Garten und hatte auch gar kein Problem damit, dass die Nachbarn ihn sahen. Becky widerte seine ständige Nacktheit an. Zunächst einmal hatte Jon ein völlig falsches Selbstbild. Er war nicht der sportliche, durchtrainierte Adonis, für den er sich hielt. In den letzten Jahren hatte er ziemlich an Gewicht zugelegt, was an dem übermäßigen Bier- und Zuckerkonsum lag, dem er sich jeden Tag hingab. Für Becky war es bald nur noch unappetitlich, den nackten Jon überall um sich zu haben. Und wie sein kümmerliches kleines Ding zwischen seinen Beinen vor sich hin baumelte und in einem Urwald aus rotem Schamhaar hauste. Selbst jetzt, Jahre nach dieser Beziehung, wurde Becky übel, wenn sie an Jon und seine „Vorlieben" dachte, und sie war heilfroh, ihn los zu sein.

„Hey, Becky", sagte Hallie und öffnete die Kühlschranktür.

„Guten Morgen", sagte auch Chris.

„Du wirst nicht glauben, was wir oben gemacht haben", begann Hallie, während sie Erdbeeren, Bananen, Mandelmilch und Haferflocken bereitstellte, um sich ihren allmorgendlichen Frühstücksshake zu machen.

„Ich kann es mir gut vorstellen, brauche aber bitte keine Details", sagte Becky und wischte einmal mehr nach links, als eine Nachricht aufpoppte. Hunter, 39, hatte ihr geschrieben. Und Hunter, 39, sah verdammt gut aus. Sie hatte ihn bereits vor einigen Tagen gematcht, doch er ließ sich etwas Zeit, was seine Nachrichten betrafen. Dieser Mann übte eine ganz besondere Anziehung auf Becky aus – vermutlich genau deshalb. Weil er nicht leicht zu haben war und ihr nicht nachlief wie die vielen anderen Kerle, die sie matchte.

„Nicht, was du meinst", sagte Hallie. Sie hatte die Bananen von ihrer Schale befreit, sie in kleine Stücke zerteilt und in den Mixer geworfen. „Wir haben gerade eben unsere Tinderprofile gelöscht. Gegenseitig."

Becky sah auf. „Wie romantisch." Sie grinste. Ihre beste Freundin hatte es mit Chris völlig erwischt. Kaum zu glauben, dass Hallie vor wenigen Wochen ebenfalls noch reihenweise Tinderdates und belanglosen Sex gehabt hatte. „Aber … wow. Ich bin überrascht, dass du diesen Schritt gehst."

„Ich denke, ich werde Tinder nicht mehr brauchen", sagte Hallie siegessicher und warf Chris einen verträumten Blick zu.

„Und wenn, dann kannst du es dir ja jederzeit wieder installieren", sagte Becky und machte so alle Romantik zunichte.

„Was tut sich bei dir an der Männerfront? Die letzten beiden Wochenenden warst du zu Hause", stellte Hallie fest.

„Flaute im Moment. Vielleicht habe ich auch schon alle interessanten Singlemänner aus New York durch, wer weiß", sagte Becky. In den letzten paar Wochen hatte sie tatsächlich nicht ein interessantes Date aufgetan. Es schien wirklich so, als gäbe es kein brauchbares Datematerial mehr auf Tinder. Bis auf diesen Hunter, 39, der wirklich heiß wirkte, sich aber mit seinen Antworten Zeit ließ. Klar, einer wie er konnte auf Tinder aus dem Vollen schöpfen und jede haben. Dass er sich da ausgerechnet für Becky interessierte, war wohl eher unwahrscheinlich, und so, wie es aussah, würde er zu einem der vielen, vielen Matches werden, die sich über kurz oder lang ins Nirwana verabschiedeten.

neun

„Ach, Hallie, komm schon, du siehst großartig aus. In jedem einzelnen dieser Kleider. Es ist also völlig egal, was für eines du nimmst." Chris stand vor der Umkleidekabine bei Bloomingdales und wartete. Er hatte Hallie zum Shoppen begleitet, um ein Kleid für den vierzigsten Hochzeitstag seiner Eltern zu finden, zu dem sie beide eingeladen waren. Bei dieser Gelegenheit, an der Hallie ihre potenziellen Schwiegereltern in spe zum ersten Mal treffen sollte, wollte sie natürlich perfekt aussehen. Chris hatte seinen Eltern eine große Feier im Waldorf Astoria geschenkt und würde auch für den Transfer und die Unterkunft der Gäste aufkommen. Hallie war überwältigt gewesen, dass er keine Kosten und Mühen scheute, seinen Eltern diese Feier zu ermöglichen. Das war eines der vielen Dinge, die sie so sehr an ihm liebte. Diese grenzenlose Großzügigkeit und die Tatsache, dass er so empathisch war. Noch nie hatte sie einen Mann kennengelernt, der so nett und liebevoll war wie Chris. Und gleichzeitig so lustig. Bisweilen bekam Hallie Bauchweh, wenn Chris und sie herumalberten. Sie konnte sich nicht erinnern, dass ein Mann sie jemals so zum Lachen gebracht hatte, wie Chris es tat.

„Ich will aber perfekt aussehen. Was, wenn deine Eltern mich nicht mögen, weil ich in einem Kleid wie ein Müllsack aussehe?"

„Meine Eltern werden dich lieben, Baby", sagte Chris. „Selbst wenn du tatsächlich einen Müllsack tragen würdest. Was ist mit dem schwarzen?"

„Das Schwarze ist so nullachtfünfzehn, finde ich. Es ist der Hochzeitstag deiner Eltern und da möchte ich etwas Besonderes tragen."

„Meinetwegen kannst du auch nackt kommen. Das würde mir am allerbesten gefallen." Chris grinste. Hallie steckte ihren Kopf aus der Umkleidekabine heraus.

„Du bist wirklich unverbesserlich."

„Ich bin wirklich verliebt in dich." Chris kam auf Hallie zu und küsste sie.

„Ich habe immer noch nichts anzuziehen", zerstörte Hallie die romantische Situation. Chris sah sie an.

„Warte. Ich habe einen Plan. Ich gehe jetzt durch den Laden hier und suche DAS Kleid für dich, ja? Das Kleid, das allen anderen Kleidern auf der Welt die Show stiehlt."

Hallie schmunzelte. „Ich hab mir alle Kleider hier schon mindestens acht Millionen Mal angesehen und keines gefunden, das irgendwem die Show stiehlt. Meinst du wirklich, ich hab eins ÜBERsehen?"

„Lass mich einfach mal auf die Suche gehen, ja?"

„Alles klar." Hallie huschte zurück in die Umkleidekabine und besah sich die Kleider, die sie bisher ausgewählt hatte. Alles wunderschöne Stücke, keine Frage. Aber bei keinem war sie sich so sicher, dass es das Kleid sein sollte, das sie beim ersten Zusammentreffen mit Chris' Eltern tragen wollte.

Hallie hatte bereits eine ganze Weile gewartet und die Hoffnung aufgegeben, dass Chris das Kleid der Kleider würde finden können. Sie hatte in der Zwischenzeit versucht, online ein Kleid zu finden, doch auch das hatte sich als Ding der Unmöglichkeit entpuppt. Die meisten Kleider, die ihr vorgeschlagen wurden, waren Billigimporte aus China und hätten vom Stil her eher Beckys Exfreund Jon gereizt als jemanden mit normalem Geschmack. Wenn Chris jetzt nicht das absolute Traumkleid hervorzauberte, so würde ihr vermutlich gar nichts anderes übrig bleiben, als das schwarze zu nehmen. Endlich hörte sie Schritte auf die Umkleidekabine zukommen.

„Hallie? Es hat zwar eine Weile gedauert, aber ..."

„Chris?"

Hallie lauschte angestrengt. Eine Frau hatte Chris angesprochen. Eine Weile sagte er kein Wort.

„Kara? Was machst du denn hier?", fragte Chris schließlich und Überraschung klang in seiner Stimme mit. Kara. Kara, Kara, Kara. Hallie überlegte, ob sie diesen Namen schon irgendwann einmal gehört hatte. Dann fiel es ihr wieder ein. Kara war Chris' Exverlobte. Die, die ihn hatte sitzen lassen, weil sie sich plötzlich nicht mehr sicher war, ob sie ihn liebte und den Rest ihres Lebens mit ihm verbringen wollte. Die auf einem Selbstfindungstrip irgendwo im Dschungel war. Konnte das die Möglichkeit sein? Was wollte Chris' Exfreundin hier in New York?

„Ich habe meinen Selbstfindungstrip abgeschlossen. Ich bin gestern aus Bali zurückgekehrt", beantwortete sie unwissenderweise Hallies Frage. Hallie wurde übel. Das hier war doch fast genau dasselbe wie das, was ihr vor zehn Jahren mit Tom passiert war, oder? War es möglich, dass sich die Geschichte wiederholte? Nein. Es war außerdem lächerlich, anzunehmen, dass Chris sich wieder auf seine Ex einlassen würde. Sie beide harmonierten so gut miteinander. Und er liebte jetzt Hallie, nicht diese Kara. Hallie erinnerte sich noch genau, wie es sich damals angefühlt hatte, als Tom die Hochzeit abgeblasen hatte. Dieser Schmerz würde niemals vergessen werden können. Und wenn Chris ihn ebenso durchlitten hatte, dann …

„Freut mich, dich wiederzusehen", sagte Chris und machte Hallies Gedanken, dass alles in bester Ordnung war, zunichte. Ein Kloß machte sich in ihr breit und ihr wurde übel. Dann schüttelte sie den Kopf. Das hier würde nicht so enden wie mit Tom damals. Chris war nicht Tom, und er hatte ihr gesagt, dass er über die Trennung von Kara längst weg war. Was hätte er denn tun sollen, wenn er ihr hier praktisch in die Arme lief? Sich die Ohren zuhalten, die Augen schließen und davonlaufen? Natürlich war es nur logisch, dass er sie begrüßte und sich mit ihr unterhielt.

„Du siehst gut aus", sagte Kara jetzt und Hallie hasste sie.

„Danke. Es geht mir auch gut. Du siehst großartig aus", sagte Chris.

„Kaufst du dir ein Kleid?"

„Ich … Nein, das Kleid ist … für Hallie. Eine Freundin von mir."

Das blanke Entsetzen setzte sich auf Hallies Gesicht. „Eine Freundin von mir." Hallie war nicht „eine Freundin von mir", sie war „DIE Freundin". Sie waren über zwei Monate zusammen. Und sie suchten gerade ein Kleid für den Hochzeitstag von Chris' Eltern aus. Hallie wollte nur noch weg. Das hier war doch nicht die Möglichkeit. Kurz überlegte sie, ob sie charmant aus der Umkleidekabine grinsen und sich vorstellen sollte, doch dann beschloss sie, dass das alles nicht ihr Stil war. Sie schlüpfte in ihre Jeans, ihr Shirt und in ihre Sneakers und lugte aus der Kabine. Da stand Chris tatsächlich. Mit einer großen, attraktiven Blondine, die aussah, als würde sie Fitnessmodel oder so sein. Hallie wurde übel.

Sie selbst musste neben dieser Frau ja wirken wie die Cousine vom Ding aus dem Sumpf. Chris und seine Ex unterhielten sich angeregt, als Hallie ihre Chance witterte, ungesehen davonzukommen. Sie packte ihre Tasche und schlüpfte aus der Kabine. Sie musste etwa drei Meter an Chris und dieser Kara vorbeilaufen, doch die beiden nahmen nicht einmal Notiz von ihr. Chris stand ohnehin mit dem Rücken zu ihr und diese Frau hatte sie noch nie zuvor in ihrem Leben gesehen. Es schockierte sie, dass ihr Freund sie nicht einmal jetzt registrierte, wo sie so nah an ihm vorbeiging. Hallie spürte, wie ein Kloß sich in ihrem Hals breitmachte, während sie die Rolltreppe ins Erdgeschoss hinunterfuhr. Noch nicht einmal jetzt bemerkte Chris sie, der in dem Augenblick, als Hallie einen letzten Blick auf ihn warf, schallend lachte.

∗∗∗

Hallies Telefon läutete Sturm, seit sie aus der U-Bahn gekommen war. Es war Chris. In einem durch. Die Tatsache, dass er tatsächlich ganze zwanzig Minuten gebraucht hatte, um überhaupt zu bemerken, dass sie nicht mehr in der Umkleidekabine war, tat ihr gehörig weh. Wie sehr konnte Chris sie denn lieben, wenn er auf sie vergaß, wenn seine Ex ihm über den Weg lief? Am Ende war er noch nicht über sie hinweg. Hallie beschloss, keinesfalls ranzugehen und Chris links liegen zu lassen. Ihr Herz war gebrochen. Definitiv. Da hatte sie sich nach so langer Zeit endlich wieder auf einen Mann eingelassen, und dann brach er ihr genauso das Herz wie alle anderen zuvor.

„Hey, jetzt beruhige dich erst einmal wieder", sagte Becky. Sie war vom Sportstudio nach Hause gekommen und hatte ihre beste Freundin in Tränen aufgelöst auf dem Sofa vorgefunden. Genau das war jetzt passiert, was Hallie immer hatte vermeiden wollen, wenn sie eine feste Beziehung abgelehnt hatte. „Okay, er hat seine Ex getroffen und sich mit ihr unterhalten. Versuch, das Ganze halbwegs locker zu sehen."

„Locker?" Hallie kreischte fast. „Becky, er hat mich eine halbe Stunde lang links liegen gelassen. Es hätte mich überhaupt nicht gestört, wenn er sich mit dieser Gewitterziege unterhalten hätte, hätte er mich nur nicht vergessen. Er hat mich ‚eine Freundin' genannt. Dabei bin ich ‚seine Freundin'."

„Vielleicht solltest du ihm wenigstens die Möglichkeit geben, sich zu erklären", sagte Becky und reichte Hallie ein Taschentuch, mit dem sie sich die Nase putzen konnte. Becky war froh, sich nicht selbst mit solchen Beziehungskisten herumschlagen zu müssen, und wurde einmal mehr in ihrem Lebensstil bestätigt. Hallie war das beste Beispiel dafür, dass feste Beziehungen nicht funktionierten. Noch vor drei Monaten war sie eine lebenslustige, unabhängige Frau gewesen, die sich von keinem Kerl unterbuttern ließ. Vor einem Monat war sie bis über beide Ohren verliebt gewesen und davon ausgegangen, mit einem einzigen Kerl den Rest ihres Lebens zu verbringen. Und jetzt saß sie wie ein Häufchen Elend da und war in Tränen aufgelöst, weil ihr Kerl einer anderen schöne Augen gemacht hatte.

„Was gibt es denn da noch zu erklären?", sagte Hallie, immer noch völlig fertig. „Er hat mich über eine halbe Stunde ‚vergessen'. Das tut niemand, dem man wichtig ist. Und schon gar nicht, wenn man sich dabei mit seiner Ex unterhält. Es ist immer das Gleiche. Männer SIND Schweine. Die einen können es nur ein bisschen besser verbergen als die anderen."

Becky sah ihre beste Freundin an.

„Ach, Hallie. Ja, es ist echt übel gelaufen mit Chris, aber vielleicht ist das alles ja ein Missverständnis. Ich meine, du bist so eine starke, toughe Frau. Gib ihm die Möglichkeit, zu erklären, was los war. Und schieß ihn in den Himmel, wenn er echt Mist gebaut hat. Du hast so viel für ihn aufs Spiel gesetzt. Wenn er das nicht zu schätzen weiß, dann hat er dich ohnehin nicht verdient."

Genau in dem Moment, als Hallie Becky anblickte, klopfte es an der Tür.

„Hallie? Hallie, bist du da drin? Mach die Tür auf."

Fragend sah Becky Hallie an, die nickte. Dann ging Becky zur Tür.

„Herrgott noch mal, Hallie, was war denn los mit dir? Du warst plötzlich aus der Umkleidekabine verschwunden. Ich habe mir Sorgen um dich gemacht. Warum bist du plötzlich verschwunden? Und warum warst du nicht erreichbar? Ist etwas passiert?"

„Ob etwas passiert ist?" Hallie hatte versucht, die Tränen, die Enttäuschung und den Schock aus ihrem Gesicht zu wischen, war sich aber nicht sicher, ob ihr das gelungen war. „Ich dachte, du wärst mit deiner Ex beschäftigt. Also habe ich es vorgezogen, nach Hause zu fahren. Immerhin bin ich ja nur ‚eine Freundin'." Hallie bemerkte, wie Chris etwas die Farbe aus dem Gesicht lief. Hatte er tatsächlich gedacht, Hallie würde das Ganze nicht mitbekommen?

„Ach …", begann er. „Mein Gott, Hallie, ja, ich habe Kara nicht gleich von unserer Beziehung erzählt, weil ich nicht wusste, wie sie darauf reagieren würde. Als wir uns damals getrennt hatten, ist es ihr sehr schlecht ergangen. Ich wollte sie nicht damit vor den Kopf stoßen, dass ich nach so kurzer Zeit schon wieder eine neue Frau an meiner Seite habe."

„Ist ja sehr reizend, dass du auf die Gefühle deiner Exfreundin Rücksicht nimmst, während du deine aktuelle Freundin eine halbe Stunde in dieser Scheiß-Umkleidekabine sitzen lässt", rief Hallie aufgebracht. Sie war stocksauer. „Und was heißt überhaupt nach so kurzer Zeit? Ihr seid seit einem Jahr getrennt."

„Und zuvor waren wir fast fünfzehn Jahre zusammen."

„Chris. Ich habe keine Lust auf Spielchen, ist das klar?", sagte Hallie jetzt in einem sehr überzeugten Ton. „Ich habe heute festgestellt, dass wir in unserer Beziehung an einem Punkt angelangt sind, an dem du mir wirklich wehtun kannst. Also bitte, sei ehrlich mit mir. Wenn ich nur eine Art Ablenkung für dich bin oder es irgendwelche Gefühle für deine Ex gibt, denen du noch auf den Grund gehen musst, dann sag mir das bitte gleich und wir beenden das zwischen uns. Und wenn du dich immer noch zu deiner Miss Fit for Fun hingezogen fühlst, dann solltest du besser einen Neustart mit ihr wagen." Sie sah ihn eindringlich an und bemerkte einen leicht schockierten Gesichtsausdruck.

„Mein Gott, Hallie. Ich wusste nicht, dass dir das so nahegeht. Ja, es war scheiße von mir, dich hängen zu lassen. Ich habe wohl die Zeit übersehen, bitte verzeih mir. Ich liebe dich, und das weißt du. Es tut mir leid, wenn ich dich mit meinem Verhalten von heute Nachmittag vor den Kopf gestoßen hatte. Und du hast recht, ich hätte dich Kara als meine Freundin vorstellen sollen. Wenn du willst, rufe ich sie jetzt sofort an und kläre die Sache auf."

Hoffnungsvoll sah Hallie Chris jetzt an. So gerne wollte sie ihm glauben. Und dennoch war ihr Misstrauen zu groß. Und ihre Angst, alles könnte genauso laufen wie bei Tom damals. „Du musst sie nicht extra anrufen", wiegelte sie ab. „Ich fände es nur eben toll, wenn du das nächste Mal zu mir stehst und mich nicht verleugnest, wenn uns irgendeine dahergelaufene Ex von dir über den Weg läuft."

„Du weißt doch, dass ich dich liebe, Hallie, oder? Und dass du die Frau für mich bist."

Hallie sah Chris an. Sie spürte, wie Tränen in ihren Augen aufstiegen und sich in ihren Augenwinkeln festsetzten. Chris hatte sie an diesem Tag schwer enttäuscht. Als sie sich damals dafür entschieden hatte, ihren Lebenswandel für ihn aufzugeben, da war sie sich sicher gewesen, dass er es wert war. Dass er sie niemals verletzen würde und dass sie diesen Schutzwall, den sie um sich errichtet hatte, langsam abtragen konnte. Jetzt hatte es keine drei Monate gedauert, bis er sie zum ersten Mal bis ins Mark erschütterte.

„Bitte, Hallie, du musst mir glauben. Ich liebe dich. Mehr als alles andere auf der Welt." Sie wollte ihm glauben, doch angesichts der Tatsache, dass sie ihn vor wenigen Stunden mit Herzchen in den Augen mit seiner Exverlobten gesehen hatte, tat sie sich ziemlich schwer. Diese Wunde, die er in ihr aufgerissen hatte, würde eine ganze Weile brauchen, bis sie verheilt war.

Es wäre einfach gewesen, Chris jetzt vor die Tür zu setzen und ihm zu sagen, dass die Beziehung gegessen war. Sich wieder auf Tinder anzumelden und sich mit all den attraktiven und leicht verfügbaren Kerlen abzulenken, die sich ihr anboten. Und die alte Hallie hätte vermutlich genau das getan. Doch die neue Hallie, die nicht voller Misstrauen und Angst steckte, wollte Chris nicht aufgeben. Okay. Es war vielleicht nicht gerade die beste Idee gewesen, sie eine halbe Stunde in der Umkleide sitzen zu lassen und sich mit seiner Ex zu unterhalten. Aber ... sonst war schließlich nichts passiert und er war jetzt hier. Er hatte ihr die Sache erklärt und ihr gesagt, dass er sie liebte. Sie würde ihm vertrauen müssen, wenn sie wollte, dass diese Sache zwischen ihnen beiden funktionierte. Also entschloss sie sich, zu vertrauen.

zehn

Zwei Wochen später war alles wieder beim Alten. Hallie hatte ihr Misstrauen abgelegt, und Chris hatte sich sehr bemüht, ihr keine neuerlichen Gründe zur Eifersucht zu geben. Sie war sich darüber klar geworden, dass eine Beziehung eben auch ein gewisses Maß an Vertrauen voraussetzte, und hatte sich eingestehen können, dass sie bei Bloomingdales einfach maßlos überzeichnet reagiert hatte. Chris würde ihr nie im Leben wehtun, dessen war sie sich sicher.

Einen Tag bevor die Hochzeitstagsfeier im Waldorf Astoria stattfand, hatte Hallie Chris' Eltern kennengelernt, und Chris hatte recht gehabt. Earl und Susan Harris hatten einen Narren an Hallie gefressen und sie bestimmt auch in ihr Herz geschlossen, wenn sie tatsächlich in einem Müllbeutel aufgekreuzt wäre. Dennoch war Hallie froh, dass auch Jackie an der Seite von Todd eingeladen worden war und sie so etwas Rückendeckung aus den eigenen Reihen vorweisen konnte.

Der Abend im Waldorf Astoria hatte elegant und nett begonnen. Es hatte ein opulentes, siebengängiges Abendessen gegeben, zwischen den Gängen Ansprachen und Erinnerungen aus den Jugendtagen von Earl und Susan. Chris' Tante Mary hatte eine Fotopräsentation mit alten Bildern gebastelt und sich dazu eine kleine Rede überlegt. Hallie war begeistert von den vielen Bildern und Eindrücken und darüber, dass sie nun etwas Greifbares präsentiert bekam, was sie mit Chris verband. Sie war Chris' Verwandtschaft ganz offiziell als neue Freundin vorgestellt worden, unterhielt sich mit Onkeln und Tanten und hatte schon die eine oder andere lustige Anekdote über Chris' Kindheit erfahren. So wusste sie, dass er an einem Halloweenabend so viele Süßigkeiten gegessen hatte, dass man ihn ins Krankenhaus hatte bringen müssen und er seither nicht mehr viel von Halloween hielt, und dass er bei einer Familienfeier vor dreißig Jahren versehentlich seine Cousine geküsst hatte und glaubte, er müsse sie nun heiraten. Betreffende Cousine hatte sie dann übrigens auch gleich kennengelernt.

Alles in allem war es ein sehr gelungener Abend mit großartigem Essen und guten Unterhaltungen. Als der Abend voranschritt, trat eine Band auf, die Chris gebucht hatte und die genau jene Songs spielte, die auch schon bei der Hochzeit der Harris' gespielt worden waren. Außerdem jene Titel, die Chris' Eltern besonders gerne mochten und zu denen sie besondere Erinnerungen hatten. Hallie tanzte zu einigen Songs mit Chris und mit Todd, mit Chris' Vater und zwei seiner Onkel, die allesamt begnadete Tänzer waren. Als Onkel Carl sie nach „Strangers in the Night" zurück an ihren Tisch brachte, war Chris nicht an seinem Platz, was aber nichts zu bedeuten hatte. Zuvor hatte er noch mit einer Großtante getanzt, die Hallie bereits dreimal gesagt hatte, dass sie unbedingt auch noch auf Hallies und Chris' Hochzeit tanzen wollte. Sie sah sich um. Vielleicht schwang er schon wieder mit jemand anderem das Tanzbein. Auch er wurde an diesem Abend ziemlich oft zum Tanzen aufgefordert, Tanten, Cousinen und seine Mutter wollten ihn unbedingt auf die Tanzfläche zerren, sodass Hallie kaum selbst zum Zug kam. Doch das war für sie in Ordnung. Sie fand es wunderschön, dass er sich mit seiner Familie so gut verstand. Ihr waren viele Fälle bekannt, in denen sich Kinder mit ihren Eltern, Geschwister untereinander oder überhaupt alle gemeinsam miteinander verworfen hatten. Hallie sah sich um. Auf der Tanzfläche war er nicht. Sie ließ ihren Blick über den Festsaal schweifen, doch sie entdeckte ihn auch nicht an einem anderen Tisch, wo er sich mit jemandem aus seiner Verwandtschaft unterhielt. Vermutlich war er zur Toilette gegangen. Oder er brauchte etwas frische Luft. Sie bestellte sich ein weiteres Glas Champagner und unterhielt sich mit einer von Chris' Cousinen, die sie sehr nett fand.

Als Cousine Trish sich von Hallie verabschiedete und meinte, sie müssten später unbedingt noch einen Cocktail miteinander trinken,
waren fast fünfundvierzig Minuten vergangen
und Chris war wie vom Erdboden verschluckt.
Hallie hatte bereits zweimal eine Runde durch
den Saal gedreht, doch sie hatte ihn nicht finden
können. Langsam machte sie sich Sorgen um ihn.
Was, wenn ihm übel geworden und er umgekippt
war? Nein. War er vielleicht zu einem Notfall ins
Krankenhaus gerufen worden? Auch nicht. Er
hatte sich extra keinen Springerdienst für diesen
Abend geben lassen, weil er sichergehen wollte,
dass er ihn mit seiner Familie verbringen konnte.
Außerdem hätte er ihr doch bestimmt Bescheid
gesagt, wenn er plötzlich wegmusste. Hallie stand
auf und verließ den Festsaal. Sie bog nach links
ab, wo sie in den parkähnlichen Innenhof gelangte, in dem ab und an Hochzeiten stattfanden. Von
drinnen drang leise die Musik vom Festsaal heraus und es hatte etwas Romantisches hier. Die
Sommernacht war lau und angenehm und der
Innenhof war mit zarten Lichterketten ausge-
leuchtet. In der Mitte gab es einen kleinen, höl-
zernen Pavillon, in dem jemand saß. Sie hoffte,
dass sie hier kein Liebespaar überraschte, das was
auch immer tat. Hallie konnte auf die Entfernung
nicht erkennen, wer das war, aber sie hatte bemerkt, dass es sich um zwei Personen handeln
musste. Ihr Herz rutschte in die Hose. Bislang

waren die beiden in dem Pavillon nur undefinierbare Schatten, aber etwas in ihr sagte ihr, dass Chris dort saß. Mit einer Frau. Mit einer ganz bestimmten Frau. Mit Kara. Hallie kam sich wie eine Verbrecherin vor, als sie leise außen um den Pavillon herumging und versuchte, möglichst keinen Lärm zu machen. Außerdem plagte sie ein schlechtes Gewissen. Sie hatte noch überhaupt keine Bestätigung dafür, dass ihre Vermutung sich bewahrheitete, und doch ging sie davon aus, dass Chris dort mit seiner Exfreundin saß. Hatte sie wirklich so viel Vertrauen in ihn, wie sie sich selbst immer eingeredet hatte? Sie wollte sich von hinten an die beiden heranschleichen und sie belauschen. Und ihr war klar, dass es ein Fehler war, was sie gerade machte. Aber … hatte Chris nicht auch diesen Fehler gemacht, indem er sie belogen hatte? Warum war sie überhaupt hier? Wie konnte es sein, dass Chris sie, Hallie, als seine neue Freundin vorstellte und gleichzeitig mit dieser modelhaften Kara in diesem Pavillon hier saß? Sollte sie das Ganze nicht so eng sehen? War sie wirklich zu einer dieser eifersüchtigen Hyänen geworden, die in jeder anderen Frau eine potenzielle Feindin sahen? Würde eine toughe, selbstbewusste Freundin ihn nicht ein paar Minuten mit seiner Ex verbringen lassen? Immerhin würden sie sich doch ohnehin nur ganz harmlos über Gott und die Welt unterhalten, oder? Nein. Sie wollte Klarheit und Gewissheit, und zwar jetzt sofort. Sie zog ihre Schuhe aus, um nicht auf dem steinigen Untergrund umzuknicken und sich zu verletzen, und hielt den Atem an, als sie bei dem Pavillon angelangt war.

„Ich bekomme dich einfach nicht aus dem Kopf, das ist alles", sagte Kara. Hallie wollte ihr eine reinhauen. Chris hatte eine neue Freundin. Wie konnte sie da so auf Tuchfühlung gehen? Sie hatte ihn vor fast einem Jahr sitzen lassen, weil sie sich nicht sicher war. Wie kam es dann, dass sie sich einbildete, sie hatte das Recht, Hallie und ihn auseinanderzubringen? Und warum war sie überhaupt hier?

„Darüber macht dir auch niemand einen Vorwurf. Fünfzehn Jahre wirft man nicht so einfach weg. Oder denkst du, ich denke nicht oft an dich und die Zeiten, die wir gemeinsam durchlebt haben."

Hallies Herz bekam einen Stich und der Kloß, der sich schon einmal in ihr eingenistet hatte, machte sich neuerlich bemerkbar.

„Aber … mein Leben … unsere Leben haben sich geändert. Du hast damals diese Entscheidung getroffen, dass du die Verlobung lösen möchtest. Das alles ging von dir aus, niemals von mir."

„Ich hatte eine Menge Zeit zum Nachdenken, Chris", sagte Kara. In ihrer Stimme schwang ein reuevoller Unterton mit. „Und ich weiß mittlerweile, was ich in meinem Leben haben will und was nicht. Dich will ich darin haben. Ich würde alles tun, um dich wieder zurückzubekommen.

Wenn ich doch nur die Zeit zurückdrehen könnte …"

„Kara, ich habe eine neue Beziehung. So einfach ist das nicht. Du kannst nicht hier auftauchen und verlangen, dass ich zu dir zurückgehe."
Genau. Gib's ihr, Chris. Hallie atmete erleichtert auf.

„Wenngleich ich auch zugeben muss, dass du mir fehlst. Und dass es keinen Tag gibt, an dem ich nicht an dich denke."
Hallie wurde übel. Dieselbe Übelkeit breitete sich in ihr aus, wie damals, als Toms fast sechzigjährige Exfreundin vor ihrer Tür gestanden hatte.

„Du kannst mit der Kleinen, mit der du zusammen bist, doch Schluss machen. Das mit euch beiden ist doch nichts Ernstes, oder?"
Hallie wünschte, sie wäre tot. Oder zumindest nicht nach draußen gekommen, um live mit anzuhören, wie Chris ihr das Herz brach. Der Chris, der ihr vor einigen Wochen noch Stein und Bein geschworen hatte, er wäre anders als andere Kerle. Und er würde sicher keine Herzen brechen.

„Ich … Sie ist wirklich was Besonderes", begann Chris, „es würde ihr das Herz brechen, wenn ich sie sitzen lassen würde."
„Ja, aber du bist doch nicht dafür verantwortlich, wie es ihr geht, oder? Ich meine, jeden Tag gehen Beziehungen in die Brüche. Überall auf der Welt. Und wenn du sie nicht liebst, dann ist es ihr gegenüber doch nur fair, wenn du ihr reinen Wein einschenkst."

„Wer sagt denn, dass ich sie nicht liebe?"

„Liebst du sie etwa?"

Chris ließ sich einige Zeit mit seiner Antwort.

„Ich … habe es zumindest bis vor Kurzem gedacht. Kara, zur Hölle, es ist so viel, was mir im Moment im Kopf herumgeht, ich kann diese Entscheidung nicht hier und jetzt treffen, verstehst du? Ich kenne Hallie erst so kurz. Und ja, ich empfinde etwas, was Liebe sein könnte. Aber du kannst hier nicht erwarten, dass ich ich zwischen ihr und dir entscheide. Jetzt sofort."

Hallies Herz sank in die Hose. Chris liebte sie also nicht. Und er spielte mit dem Gedanken, sie zu verlassen.

„Bis wann hast du gedacht, dass du nur sie liebst?" Kara wusste genau, auf welchen Knopf sie drücken musste. Wenn Chris ihr jetzt die Antwort gab, die für Hallie längst auf der Hand lag, dann war das der Todesstoß für ihre Beziehung.

„Ich dachte es, bis … ich dich bei Bloomingdales wiedergesehen habe."

Stille Tränen liefen Hallies Wangen hinab, als Chris seiner Exfreundin gestand, dass er Hallie gar nicht liebte.

„Dann … wirst du mit Hallie Schluss machen?", fragte Kara.

„Ich … Das ist alles nicht so einfach", begann Chris jetzt, „Hallie ist ein toller Mensch und ich mag sie sehr. Ich weiß nicht, ob ich diese Beziehung mit ihr beenden möchte. Und es ist auch nicht fair, was du gerade machst. Du hast mich damals einfach so sitzen lassen. Mich in ein Loch fallen lassen. Weißt du, wie es sich anfühlt, eine Hochzeit abzublasen? Während du durch die Welt gejettet bist, habe ich mit diesem übermächtigen Schmerz klarkommen müssen, der mich fast aufgefressen hätte. Und jetzt verlangst du, dass ich so tue, als wäre nie etwas gewesen, und da weitermache, wo wir damals aufgehört hatten? Das ist alles nicht fair."

„Was ist schon fair. Es geht doch darum, ob du sie liebst oder nicht. Und das tust du offenbar nicht."

„Du hast mich sehr verletzt damals, Kara."

„Ich weiß. Und ich habe einen Fehler gemacht. Ich liebe dich, Chris. Und ich will dich wiederhaben."

Hallie reichte es. Sie wollte sich dieses Theater nicht länger antun. Sie konnte nicht glauben, dass die Geschichte sich offenbar wiederholte. Und gerade bei Chris. Auf leisen Sohlen und mit Tränen in den Augen schlich sie auf dem Weg zurück zum rückwärtigen Eingang. Einmal noch drehte sie sich um. Genau in dem Moment, als aus den zwei Schatten im Pavillon einer wurde.

DREI MONATE SPÄTER

„Ich bin dann mal weg", rief Becky durch den Flur, während sie ihre kleine Reisetasche neben sich abstellte. „Kommst du so weit klar?"

Hallie sah vom Fernseher auf. „Klar komm ich klar." Sie lächelte. „Ich habe alles, was ich brauche. Den Fernseher, die Couch und ein ganzes Arsenal an ungesundem Essen in der Küche. Amüsier dich gut. Und sei vorsichtig."

Becky sah ihre beste Freundin an. Seit der Sache mit Chris hatte sich Hallie sehr verändert. Sie hatte kein einziges Date mehr gehabt, ihr Interesse an Männern war völlig abgeflaut und aus ihr war fast so etwas wie eine graue Maus geworden. Bei der Arbeit gab sie alles und war oft bis spät in die Nacht im Büro. Sie ging kaum noch aus und verbrachte ihre Tage entweder beim Sport oder vor dem Fernseher. Becky war fast unwohl dabei, sie jetzt ein ganzes Wochenende allein zu lassen, aber immerhin war die Sache mit Chris jetzt drei Monate her. Und … sie waren „nur" zusammen gewesen, nicht mehr und nicht weniger. Und selbst das nur für ein paar Wochen. Becky selbst konnte nicht nachvollziehen, wie ein Kerl es schaffte, einer Frau derart den Boden unter den Füßen wegzureißen, doch offenbar gab es ein

Gefühl – eines, das ihr selbst bislang verwehrt geblieben war –, das solche Tiefs auslösen konnte.

„Okay. Falls was ist, ruf an."

„Dito", rief Hallie und schaltete eine Folge Futurama weg. Sie hasste diese Serie. „Becky?"

„Ja?"

„Sei vorsichtig."

„Bin ich doch immer."

Hallie hatte ein merkwürdiges Gefühl dabei, dass Becky zu einem Date nach Philadelphia reiste und sich in einem Hotel mit einem Typen traf. Sie hing diesem Hunter jetzt schon Monate nach, doch irgendwie hatte er sie immer wieder fallen gelassen, wenn sie versucht hatte, ihn zu einem Date zu bitten. Dieser Hunter war aufgetaucht, hatte sein Tinder-Profil gelöscht, hatte sie neuerlich gematcht und sie dann wieder gelöscht. Hallie erinnerte sich, dass dieses Spiel etwa fünf-, sechsmal in den vergangenen Wochen gespielt worden war. Jedes Mal, wenn Hunter sie erneut matchte, war Becky hocherfreut und hellauf begeistert. Sie wirkte fast verknallt. Und wenn er dann sang- und klanglos von der Bildfläche verschwand, benahm sie sich, als wäre sie aufs Übelste abserviert worden. Dass Hunter jetzt wieder auf der Bildfläche erschienen war und sich dieses Mal sogar auf ein Date eingelassen hatte, irritierte Hallie. Und die Sache, dass Becky ihn in einem Hotel traf, beunruhigte sie. Es war verrückt. Das mit dem Hotel war etwas, was sie selbst in der Vergangenheit fast regelmäßig gemacht hatte. Sie selbst hatte nie darüber nachgedacht, dass es eigentlich nicht nur idiotisch und dumm, sondern auch brandgefährlich war, sich mit einem fremden Mann in einem Hotel zu treffen, um dort mit ihm Sex zu haben. Einmal hatte ein Typ sie sogar darauf angesprochen, dass es ziemlich leichtsinnig war, sich hier mit ihm zu treffen. Doch Hallie hatte nie das Gefühl gehabt, etwas Gefährliches oder Unvorsichtiges zu tun. Jetzt sah sie die Sache etwas anders, wollte ihrer besten Freundin aber nicht die Laune verderben. Erst recht nicht, wo sie vor einigen Monaten selbst um keinen Deut besser gewesen war.

„Melde dich aber, wenn du dort bist, und zwischendrin, wenn der Typ bei dir ist", rief sie Becky zu. „Der soll ruhig wissen, dass andere Leute informiert sind, wer bei dir ist."
„Mach ich. Bis morgen."
„Ja, bis morgen." Sie seufzte, als die Tür ins Schloss fiel und fast eiserne Stille sich um sie legte.

Seit sie Chris bei der Hochzeitstagsparty seiner Eltern im Waldorf Astoria praktisch hautnah dabei zusehen konnte, wie er sich für Kara entschied, war nichts mehr so, wie es vorher gewesen war. Chris hatte zwar zumindest den „Anstand" besessen, Hallie selbst von seiner Entscheidung zu erzählen, und hatte in den Tagen darauf versucht, sie wieder und wieder zu erreichen. Doch Hallie war sich sicher, dass sie es nicht durchgestanden hätte, noch einmal auf so fiese Art und Weise abserviert zu werden. Also hatte sie sich dafür entschieden, Chris diese Bürde abzunehmen, und ihm drei Tage nach dem Fest eine Nachricht geschickt, in der sie ihm mitteilte, dass sie doch nicht bereit für eine Beziehung war, und ihn bat, sie nicht mehr zu kontaktieren. So war es am einfachsten für beide Seiten. Chris konnte mit seiner Kara glücklich sein, und Hallie hatte sie um eine Demütigung gebracht, von der sie nicht genau hatte einschätzen können, ob sie sie überhaupt überleben würde. Doch wenn Hallie schon damals bei Tom geglaubt hatte, in ein tiefes Loch zu fallen, so war es bei Chris noch um einiges schlimmer. Sie hatte nur in den letzten Jahren gelernt, ihre Gefühle und Emotionen so weit zu kontrollieren, dass sie ihre Umwelt nicht so intensiv an ihrem Leid teilhaben ließ wie damals. Für die Außenwelt war die Liaison mit Chris nur ein kurzes, aber mehr oder weniger unbedeutendes Zwischenspiel gewesen. Innerlich riss es Hallie fast das Herz auseinander. Sie erinnerte sich noch, als wäre es gestern gewesen, wie Chris am Tag nach seiner Rückkehr zu Kara versucht hatte, sie anzurufen. Er hatte ihr ungefähr tausend Nachrichten hinterlassen und sie gebeten, sich mit ihm zu treffen, weil sie etwas zu besprechen hatten. Hallie hatte keine Lust darauf gehabt, sich dieser Situation noch einmal auszuliefern – außerdem war sie ja praktisch hautnah da-

bei gewesen, als sie abserviert worden war. Sie
hatte Chris' Handynummer auf ihrem Telefon
blockiert, ihn aus Facebook entfernt und alle
Verbindungen zu ihm bestmöglich gekappt. Und
ja, es hatte wehgetan. Es hatte höllisch wehgetan,
den Mann, den sie so sehr liebte, aus ihrem Leben
zu streichen, und die schiefen, fragenden Blicke
ihrer Mitmenschen hatten sich auf ihre Haut ge-
brannt wie glühende Kohlen, wenn sie erklären
musste, warum sie nun doch wieder allein durchs
Leben ging. Worte wie „Ach, du und Chris, ihr
habt doch so gut zusammengepasst" und „Ihr
wart ein Traumpaar" oder „Ich habe ehrlich gedacht, der Kerl schafft es, dich vor den Altar zu
zerren", waren es im Endeffekt, die sie fast aus-
knockten. Niemand wusste, was damals wirklich
vorgefallen war. Noch nicht einmal Jackie. Die
einzige Person, der Hallie sich anvertraut hatte,
war Rebecca gewesen. Becky, die der einzige
Mensch auf der Welt war, der wohl verstehen
konnte, wie Hallie sich jetzt fühlte. Hallie hatte
Becky jedoch das Versprechen abgenommen,
dass sie niemals jemandem davon erzählte, was
auf der Party im Waldorf Astoria wirklich passiert war.

Zu Anfang hatte Hallie wirklich geglaubt,
sich irgendwann wieder in ihr altes Leben einfü-
gen zu können. Okay, sie hatte Chris geliebt und
er war zu seiner Ex zurück, aber das bedeutete ja
nicht, dass sie nicht dort weitermachen konnte,

wo sie damals aufgehört hatte. Also hatte sie nach drei Wochen halbherzig versucht, ein neues Tinderkonto anzulegen. In der Zeit vor Chris hatte sie immer mächtig darauf geachtet, tolle, aktuelle Fotos von sich auf ihrer Seite zu posten, um möglichst viel Resonanz zu bekommen. Sie hatte sich einen frechen Text überlegt und aktiv nach passenden Männern gesucht. Bei dem halbherzigen Versuch, dort anzuknüpfen, wo sie vor einigen Monaten aufgehört hatte, war es ihr kaum gelungen, einen anregenden Text zu erstellen. Sie hatte nur „auf der Suche nach netten Kontakten" in die Textzeile getippt, und ihr war klar, dass sie so keine interessanten Typen kennenlernen würde. Sie hatte zwei Bilder von sich in Jeans und Sweatshirt hochgeladen und sich gar nicht erst gewundert, dass niemand sie matchte. Sie erhielt zwar die üblichen Anfragen von verzweifelten Alleinlebenden, die vermutlich sogar einen Hydranten gedatet hätten, solange der nur einen Rock trug, aber … eigentlich hatte sie auch gar kein Interesse daran, Männer über Tinder kennenzulernen. Etwas fehlte ihr. Etwas war seit Chris anders geworden. Also lenkte sie ihre Aufmerksamkeit auf andere Dinge. Sie trieb regelmäßig Sport und hatte begonnen, zu lesen. Während Becky ihre Dates hatte, arbeitete sie sich durch die großen Werke der amerikanischen Literatur und fand tatsächlich Gefallen daran. Außerdem hatte sie begonnen, im Seniorenheim auszuhelfen, das zwei Blocks entfernt lag. Sie verbrachte zwei, drei Abende damit, den alten Menschen Gesellschaft zu leisten, ihnen vorzulesen oder ihnen einfach zuzuhören, wenn sie ihre alten Geschichten von damals zum Besten gaben.

Hallie sah auf die Uhr. Es war kurz nach fünf Uhr nachmittags, und sie überlegte, was sie sich wohl zum Abendessen gönnen sollte. Pizza und Pasta schwirrte irgendwie unbändig vor ihrem geistigen Auge hin und her, und sie fragte sich selbst, warum sie in ihrer neuen Situation nicht so weit gehen sollte, um sich beides zu gönnen. Wenn es schon keinen Mann gab, der sie glücklich machen würde, dann würden diesen Part in jedem Fall Kohlehydrate übernehmen. Ja. Sie würde es tun. Sie würde sich aus ihrem Jogginganzug schälen und zu Tonys Pizza- und Pastahouse fahren, wo sie sich eine Salamipizza und eine Portion Spaghetti aglio olio gönnen würde. Dazu Pizzabrot. Und vielleicht würde sie auch noch am Supermarkt vorbeifahren und sich mit ein, zwei Eimern Ben & Jerry's eindecken, man wusste ja nie. Es war schon merkwürdig. Das aufgeregte Gefühl, das sie sonst immer verspürt hatte, wenn sie einen Mann gedatet hatte, lösten jetzt zucker- und fetthaltige Speisen in ihr aus.

Hallie hatte sich im Supermarkt so richtig ausgetobt und eingekauft, als würde sie sich für die Apokalypse vorbereiten und ihre letzten Tage damit zubringen, ihren Cholesterinspiegel in die Höhe zu treiben. Sie hatte für fast einhundertzwanzig Dollar eingekauft und ja darauf geachtet, nichts in den Einkaufswagen zu legen, was auch nur ansatzweise gesund war. Noch bevor sie den Supermarkt betreten hatte, hatte sie bei Tonys angerufen und ihre Salamipizza sowie ein große Portion Pasta zum Mitnehmen geordert. Und natürlich ihr Pizzabrot. Jetzt stand sie am Tresen der Pizzeria, beobachtete das aufgeregte Treiben rund um sich und hoffte inständig, dass das Eis, das draußen im Wagen war, nicht zu schmelzen begann, bevor sie sich darüber hermachen konnte.

Vor Hallie stand eine Frau, die bereits ungeduldig auf ihre Bestellung wartete und den Kellner ständig fragte, wie lange sie „denn noch" warten musste, obwohl sie die Pizzeria direkt vor Hallie betreten hatte – vor nicht einmal zwei Minuten. Der arme Tropf war damit beschäftigt, die Küche anzutreiben und Pizzakartons aufeinanderzustapeln, dass es den Anschein hatte, die Frau würde für eine ganze Armeekompanie bestellt haben. Als schließlich der letzte Karton oben auf dem Pizzaturm seinen Platz gefunden hatte, bezahlte die Frau auf den Cent genau und verzichtete darauf, Trinkgeld zu geben, dann hievte sie den Pizzaturm einmal um sich herum und stieß Hallie schmerzhaft an, als sie an ihr vorbeiging. Die verlor das Gleichgewicht und stürzte zu Boden. Die Frau sah sich zwar kurz um, doch dann wandte sie sich ab und spazierte mit ihren Pizzen aus dem Laden. Noch nicht einmal ein „Tut mir leid" kam ihr über die Lippen.

„Ma'am, haben Sie sich verletzt? Warten Sie, ich helfe Ihnen hoch." Ehe Hallie sichs versah, wurde ihr eine starke Hand gereicht, die sie hochzog. Ein leichter Schauer durchzuckte sie, als die Hand sie berührte. Sie kam wieder auf die Beine und strich ihre Klamotten glatt. Es war ihr peinlich, mitten in der Pizzeria zu Boden gegangen zu sein wie ein Sack Kartoffeln.

„Danke", sagte sie und wusste, dass ihr Gesicht knallrot angelaufen sein musste. Sie wagte kaum, dem Mann, der ihr aufgeholfen hatte, ins Gesicht zu sehen, tat es dann aber doch … und erstarrte. Das war Chris.

„Hallie", sagte der in dem Moment, als auch er registrierte, wer vor ihm zu Fall gekommen war. Ein Stromstoß durchzuckte Hallie, ihr Bauch begann zu kribbeln und eine Sturmflut von Gedanken brach über sie herein. Dann glitt ihr Blick auf die dünne Blondine neben ihm. Kara. In der nächsten Sekunde gingen all die Hoffnungen, die sich möglicherweise in ihr aufgebaut hatten, den Bach runter. Sie schalt sich selbst, was für eine Idiotin sie war, dass sie sich tatsächlich neuerlich Hoffnungen gemacht hatte, nur weil Chris ihr zufällig über den Weg gelaufen war.

„Oh. Hey", sagte Hallie und wollte am liebsten losheulen. Sie hatte gewusst, dass sie noch lange nicht über Chris hinweg war, aber dass es sie so wie der Blitz traf, wenn sie ihm plötzlich gegenüberstand, damit hätte sie nicht gerechnet. Er hatte alles in ihr verändert. Und alles an ihr.

„Du siehst gut aus", sagte Chris, und Hallie wusste, dass er log. Sie trug ausgeleierte Jeans und ein altes Sweatshirt, das ihr um zwei Nummern zu groß war, ihre Haare waren ungewaschen und strähnig … sie würde wohl kaum die Chance auf den Titel „America's Next Top Model" haben.

„Danke. Wie geht es dir?", fragte sie und war verwundert darüber, was für eine Überwindung es sie kostete, ihn anzusehen und ein paar belanglose Worte mit ihm zu wechseln. Dafür, dass sie Männer früher gewechselt hatte wie andere ihre Unterwäsche, und dafür, dass es sie niemals berührt hatte, wenn jemand irgendwann kein Interesse mehr an ihr zeigte, war sie jetzt ganz schön niedergeschlagen. Verstohlen warf sie Kara einen Blick zu, die sie wie mit Argusaugen musterte. Wenn das der Typ Frau war, auf den Chris stand, dann war von vornherein klar, dass Hallie niemals auch nur den Ansatz einer Chance auf eine dauerhafte Beziehung mit ihm gehabt hatte. Bevor Chris antworten konnte, meldete sich nun Kara zu Wort. „Es geht uns bestens", sagte die und etwas Überheblichkeit schwang in ihrem Ton mit. „Wir haben gerade einen kleinen Kurztrip nach Vermont hinter uns, um unsere Beziehung wieder etwas zu intensivieren. Du kannst dir bestimmt vorstellen, dass nach so langer Zeit jede

Sekunde, die wir gemeinsam verbringen können, wertvoll ist."

„Das freut mich zu hören, und ja, das kann ich mir sehr gut vorstellen", sagte Hallie und zwang sich zu einem Lächeln.

„Und ... was treibst du immer so?", wollte Chris wissen. Er sah sie an. Er sah sie so intensiv an, so, wie er es früher immer getan hatte, und sie wünschte, er würde den Blick abwenden. „Oh, mir geht's prima", log sie. „Ich ... hab grad ziemlich viel im Büro zu tun und ähm ... hab es endlich geschafft, wieder mehr ins Gym zu gehen."

Chris fixierte ihren Blick.

„Also ich hätte ja nicht geglaubt, dass du ein Gym-Abo hast", sagte Kara und musterte Hallie von oben bis unten. Hallie spürte, wie sie rot anlief. Hätte sie sich das mit dem Gym nicht sparen können – im Beisein dieser nahezu perfekten Person?

„Ja, ich bin immer wieder für eine Überraschung gut." Sie lächelte und wollte am liebsten tot umfallen. Was für einen Mist verzapfte sie hier eigentlich? Sie schickte ein Stoßgebet der Dankbarkeit zum Himmel, als der Kellner „Salamipizza, Spaghetti aglio olio und Pizzabrot" ausrief und somit verkündete, dass ihre Bestellung zur Abholung bereit war.

„Das bin dann ja wohl ich", sagte sie fast schüchtern und warf Chris einen verstohlenen Blick zu. Ob er sich fragte, für wen die „zweite" Portion Essen war, die sie bestellt hatte? Oder machte er sich darüber gar keine Gedanken? Ging er ohnehin davon aus, dass Hallie maximal mit Becky, Jackie oder einer anderen Freundin essen würde? Er war immer noch so perfekt, wie er gewesen war, als sie beide … Sie schüttelte den Kopf. Dann wandte sie sich um und nahm ihre Essensbestellung in Empfang, ohne zu bemerken, dass Chris' Blick sich an ihrem Rücken festheftete und sie nicht mehr aus den Augen ließ, bis sie die Pizzeria verlassen hatte.

CHRIS

„Herrgott noch mal, Darling, dieses fettige Essen kannst du dir in Zukunft aber aufmalen", klagte Kara, als sie in Chris' Wohnung am Esstisch saßen und sie lustlos in ihren Tofunudeln herumstocherte. Chris sah die Pampe an, die auf ihrem Teller verteilt war, und konnte sich gut vorstellen, dass das Zeug grauenvoll schmecken musste. Wer bestellte auch schon eine Portion grauer Tofunudeln, wenn er die Möglichkeit hatte, zwischen, Pizza und Pasta zu wählen?

„Ich sagte dir doch, dass du was anderes bestellen sollst. Wer isst schon Tofunudeln, wenn er beim Italiener ist?"

„Ich esse grundsätzlich nicht beim Italiener, ich dachte, das weißt du. Erst einmal ist dieser Müll absolut ungesund und wird dich vermutlich zehn Jahre früher ins Grab bringen mit all diesen Konservierungsstoffen, Geschmacksverstärkern und Co. Und ich dachte auch, dass du weißt, was es mich für eine Überwindung kostet, dir solche Wünsche zu erfüllen. Aber ich arbeite ja an unserer Beziehung. Nicht, dass ich mir am Ende noch anhören kann, ich würde nichts dafür tun, dass wir es noch mal miteinander versuchen." Missmutig ließ Kara ein paar Tofunudeln in ihrem Mund verschwinden und machte keinen Hehl daraus, Chris zu vermitteln, dass es seine alleinige Schuld war, dass sie dieses widerliche Essen in sich hineinstopfen musste. Chris rollte leicht mit den Augen. Es war ein Fehler gewesen, Kara zurückzunehmen, doch nachdem Hallie ihn so derart abserviert hatte …

Er stocherte selbst etwas in seiner Pasta herum, als seine Gedanken zu dem Abend zurückgingen, als Hallie aus seinem Leben verschwunden war. Sie hatten mit seiner Familie einen wirklich tollen Abend verbracht, gut gegessen, getanzt und gelacht. Ihm war von mehreren Seiten zu Ohren gekommen, dass Hallie perfekt zu ihm passte und sie beide ein wunderschönes Paar abgaben. Und an diesem Abend hatte er sich einmal mehr in diese wunderbare Frau verliebt. Er war kurz nach draußen gegangen, um mit dem Concierge des Hotels abzuklären, wann die Suite für seine Eltern bereitstand, als er Kara plötzlich in der Eingangshalle sitzen sah. Sie war aufgestanden und auf ihn zugekommen und hatte ihn gefragt, ob sie kurz reden konnten. Chris hatte das bejaht und gemeinsam waren sie hinaus in den Park des Hotels gegangen. Schon als sie den Pavillon dort betreten hatten, war ihm klar geworden, dass es möglicherweise ein Fehler gewesen war. Er musste dieses Zusammentreffen zum Anlass nehmen, Kara ein für alle Mal klarzumachen, dass es für sie beide keine Zukunft gab. Doch Kara hatte ihm ihre Liebe gestanden und mit Stein und Bein versucht, ihn zu überreden, wieder zu ihr zurückzukommen. Sie hatte Chris' Bemühungen, ihr zu sagen, dass er an einem Revival mit ihr nicht interessiert war, in Grund und Boden geredet und versucht, ihn in eine Richtung zu manipulieren. Obwohl sie es damals gewesen war, die gemeint hatte, Chris würde sie einengen, stellte sie es jetzt so dar, als würde sie ihm gnädigerweise eine zweite Chance geben. Sie hatte ihn fast bekniet, schwere Geschütze wie Tränen und betteln aufgefahren und ihm immer wieder von der großartigen, tollen Zeit erzählt, die sie miteinander verbracht hatten. Sie war sogar dazu übergegangen, gegen Hallie zu feuern. Und schließlich hatte sie ihn geküsst. Chris war völlig perplex gewesen und für ein, zwei Augenblicke hatte er sich sogar auf den Kuss eingelassen, bis ihm klar geworden war, was er hier überhaupt tat. Er hatte eine Freundin. Er liebte Hallie. Sie war die Frau, mit der er den Rest seines Lebens verbringen wollte, doch stattdessen saß er mit seiner Ex dort im Park des Hotels und hörte sich ihr Gejammer darüber an, dass es ein Fehler gewesen war, sich zu trennen, obwohl das immer schon Karas alleinige Idee war. Erst jetzt wurde ihm bewusst, wie lange seine Ex ihn nun schon in

Beschlag nahm. Und wie letztklassig es von ihr war, Hallie in ein schlechtes Licht zu rücken und ihn so zu manipulieren, als wäre es seine Idee, sich von ihr zu trennen und zu Kara zurückzugehen. Er sprang auf und lief hinein, suchte nach Hallie, doch die war weg. Weder Jackie noch sonst jemand hatte eine Ahnung, wohin Hallie verschwunden war, und als Chris versuchte, sie zu erreichen, gelangte er nur auf ihre Mailbox. Er fuhr zu ihrem Haus, doch auch dort war sie nicht. Kurz war er versucht, ihre Eltern zu besuchen, doch er wollte sie nicht beunruhigen. Außerdem wusste er schon, was vorgefallen sein musste. Er war eine ganze Weile mit Kara draußen gewesen. Bestimmt hatte Hallie die beiden überrascht und die Situation missinterpretiert. Kara hatte wirklich ganze Arbeit geleistet und ihr Bestes gegeben, um ihn von sich zu überzeugen. Und dann der Kuss … Chris mochte sich gar nicht ausmalen, was los war, wenn Hallies Timing so derart schlecht war, dass sie gesehen hatte, wie sie sich diese zwei Sekunden lang geküsst hatten. Er hatte Hallie also eine Nachricht hinterlassen, dass sie beide reden mussten, und sich vorgenommen, ihr am nächsten Tag alles zu erzählen. Reinen Tisch zu machen und ihr auch den Kuss und Karas Versuche, ihn zurückzugewinnen, nicht zu verschweigen. Und … ihr zu sagen, dass sie, Hallie, die Frau seines Lebens war. Doch ab diesem Zeitpunkt war er nicht mehr an sie herangekommen. Schließlich hatte sie ihm doch geantwortet.

Eine WhatsApp-Nachricht mitten in der Nacht, in der sie ihn wissen ließ, dass die Beziehung zwischen ihnen beiden für sie keinen Sinn mehr machte und sie es für besser hielt, wenn sie getrennte Wege gingen. Sie hatte keine Andeutung darüber gemacht, dass sie gesehen hatte, was zwischen ihm und Kara vorgefallen war, und als er wieder und wieder darüber nachdachte, kam er zu dem Schluss, dass der Auslöser auch gut und gerne gewesen sein konnte, weil Hallie an diesem Tag die volle Dröhnung seiner Familie abbekommen hatte. Vielleicht … hätte er sie nicht jedem so überschwänglich als die neue Frau an seiner Seite vorstellen sollen. Sie so auf den Präsentierteller setzen. Doch er war sich bei ihr so sicher gewesen – und ging davon aus, dass es auch bei ihr nicht anders aussah. Er konnte sich keinen Reim auf Hallies Verhalten machen, schaffte es aber andererseits auch nicht, sie zu erreichen, denn Hallie hatte alle Register gezogen. Sie hatte seine Handynummer auf ihrem Telefon blockiert, sodass er sie nicht mehr erreichen konnte. Genauso war sie mit seinem Facebookaccount verfahren. Es gab keine Möglichkeit für Chris, irgendwie an Hallie heranzukommen. Einmal hatte er an ihrer Tür geklingelt, doch Becky hatte ihm unmissverständlich klargemacht, dass er hier nicht erwünscht war. Sein bester Freud Josh hatte ihm vorgeschlagen, sein Handy zu benutzen, um mit Hallie in Kontakt zu kommen. Wenn sie die Nummer nicht kannte, würde sie vielleicht abnehmen, und er konnte versuchen, sie zu fragen, was damals los war, doch Chris war zu alt für solche Spielchen. Was immer Hallie zu ihrer Reaktion bewogen hatte, sie würde ihre Gründe haben. Und er würde das akzeptieren müssen, auch wenn es sein Herz brach.

Dass er nun wieder mit Kara zusammen war, lag wohl eher an verletztem Stolz oder Schmeichelei. Kara war drei Tage nach dem Fest seiner Eltern vor seiner Tür aufgetaucht, wohl, um noch einen letzten Versuch zu starten, ihn umzustimmen. Sie hatte sofort erkannt, was Sache war, und die Gunst der Stunde genutzt. Als es Chris schlecht ging, war Kara für ihn da und hatte ihn wieder um ihren Finger gewickelt. Hatte sie zunächst nur versucht, ihm eine gute Freundin zu sein, war sie schnell auch körperlich geworden. Zu einem Zeitpunkt, an dem Chris extrem empfänglich dafür gewesen war. Und so war es eigentlich eher „passiert", dass die beiden neuerlich zusammengekommen waren, als dass Chris sich bewusst dafür entschieden hatte. In den darauffolgenden Wochen hatte er mehrmals darüber nachgedacht, warum er jetzt mit Kara lebte. Und er war zu dem Entschluss gekommen, dass sie vielleicht die beste Wahl war, wenn er schon Hallie nicht haben konnte. Aber ... konnte jemand, der nur den Platz eines anderen einnahm, überhaupt so etwas wie die „beste Wahl" sein? Sein ganzes Leben lang hatte er nach einer Frau wie

Hallie gesucht, aber er als Mensch hatte offenbar nicht ausgereicht, um sie zu halten. Also wenn er Hallie schon nicht haben konnte, warum sollte er nun nicht einfach nehmen, wer verfügbar war?

„Darling? Hörst du mir überhaupt zu?"

Chris sah hoch. „Oh, sorry, ich war in Gedanken."

„Du bist in letzter Zeit aber oft in Gedanken. Das gefällt mir überhaupt nicht", lamentierte Kara. „Ich meine, ich bin so großzügig und gebe dir diese zweite Chance und du hörst mir noch nicht einmal zu?"

„Tut mir leid. Was sagtest du?"

„Ich sagte, dass ich heute Morgen shoppen war. Ich war auf der Fifth und die haben ganz tolle neue Eheringe bei Cartier."

Chris sah Kara an. Seit sie wieder zusammen waren, konnte es ihr mit Ehe und Hochzeit gar nicht schnell genug gehen. Nachdem sie selbst die Hochzeit hatte platzen lassen, die angesetzt gewesen war, schien es jetzt fast so, als würde sie sich ihre linke Hand dafür amputieren lassen, um Chris nur ja so schnell wie möglich zu heiraten.

„Ich weiß ja, dass es etwas schnell geht, aber diese Ringe sind mir einfach nicht mehr aus dem Kopf gegangen", fuhr Kara fort, während sie den Teller Tofunudeln von sich wegschob. Sie hatte ihr Essen kaum angerührt. „Ich bin also etwas durch die Stadt geschlendert und … was soll ich sagen, plötzlich stand ich vor dem Waldorf Astoria. Und da fiel mir dieser kleine Pavillon im Park ein, an dem wir wieder zueinandergefunden hatten. Und da dachte ich, warum sollen wir unsere Hochzeit nicht da feiern, wo alles – das zweite Mal – begonnen hat."

Chris war schon wieder in Gedanken bei Hallie. Sie war so anders als Kara. Ja, Kara hatte er einst sehr geliebt. Doch jetzt, wo sie so vor ihm saß, von Eheringen sprach, die ein Vermögen kosteten, und eine Hochzeit im Waldorf Astoria plante, wo sie offiziell doch noch nicht einmal wieder verlobt waren, kam ihm der Unterschied zu Hallie enorm vor. Hallie, die immer lustig und gut drauf gewesen wäre. Die niemals auf die Idee gekommen wäre, herumzujammern, wenn es darum ging, italienisch zu essen. Die ihn niemals zu Dingen gedrängt hatte, die er nicht hatte tun wollen. Hallie war irgendwie so eine Art bester Kumpel gewesen, mit dem man auch das Bett teilte. Noch nie hatte er eine Kombination aus Freundin und Liebhaberin so intensiv wie bei ihr verspürt. Er schüttelte den Kopf. Doch Hallie wollte ihn nicht mehr, das hatte sie ihm deutlich zu verstehen gegeben. Und wie verhalten, wie distanziert sie sich benommen hatte, als sie sich an diesem Abend bei Tonys über den Weg gelaufen waren. Er sollte sich wohl eher wieder auf Kara konzentrieren.

„Also habe ich mit dem Veranstaltungsleiter dort gesprochen. Ich meine, ich weiß ja, dass es ein Tanz auf dem Vulkan sein würde, einen

Hochzeitstermin für nächsten Mai im Waldorf zu bekommen, aber ich habe es gewagt und den Mann gefragt. Er hat mir eröffnet, dass das Waldorf die nächsten vier Jahre komplett ausgebucht ist, kannst du dir das vorstellen?"

„Tja, das nennt man dann wohl Pech", antwortete Chris halbherzig. Es war ihm nur recht, dass ihre Hochzeit – sollte es tatsächlich so weit kommen – erst in vier Jahren stattfinden würde.

„Könnte man so sagen, ja. Aber ich bin ein Glückskind, wie du ja weißt. Und du durch mich auch. Denn ich habe mich auf die Warteliste setzen lassen, und als ich mit Lucy beim Lunch war, hat doch tatsächlich mein Telefon geklingelt. Und rate mal, wer dran war?"

„Keine Ahnung." Chris hatte keine große Lust, auf Karas Spielchen einzusteigen.

„Ach, Chris, mein Dummerchen, es war der Veranstaltungsleiter vom Waldorf. Er habe sich den Kalender des Hotels noch mal angesehen und offenbar ist es da zu einem Fehler gekommen. Es waren zwei Hochzeiten für den 14. September vorgemerkt, aber am Ende des Tages hat keines der beiden Paare den Termin für sich blockiert, weil beide dachten, der Termin wäre schon vergeben. Das heißt: der vierzehnte ist noch zu haben. Ich weiß, dass das alles etwas schnell geht, aber ich habe zugesagt, so eine Chance bekommt man nur einmal im Leben, meinst du nicht?"

Chris sah Kara eine ganze Weile an. Hatte sie ihn immer schon auf diese Art und Weise manipuliert? Schon während ihres ersten Zusammenseins? Sie hatten sich verlobt, und dann war Kara abgehauen, weil ihr das alles zu schnell ging und sie sich noch nicht bereit für die Ehe fühlte. Dann kam sie einfach so aus dem Nichts zurück und verlangte praktisch von Chris, seine Freundin zu verlassen und dort weiterzumachen, wo sie damals aufgehört hatten. Sie erwischte ihn in einem schwachen Moment, und jetzt saß sie hier vor ihm, beklagte sich über das italienische Essen, das sie nicht zu sich nehmen wollte, und eröffnete ihm zwischen zwei Gabeln voll Tofunudeln, dass sie einen Hochzeitstermin festgesetzt hatte? Wollte er das überhaupt? Wollte er den Rest seines Lebens mit einer Frau – mit dieser Frau – verbringen?

„Du hast recht", sagte er schließlich. Karas Augen hellten sich auf. Vermutlich hatte sie nicht damit gerechnet, dass sie ihn so leicht herumbekam.

„Ja, nicht?", sagte sie. „Ich habe mich auch schon etwas schlaugemacht. Es wird zwar ein Kraftakt, aber ich kann es schaffen, die Hochzeit bis September zu planen. Du musst mir nur die Zügel in die Hand geben und ich mache das allein. Es wird bestimmt nicht leicht, das passende Kleid für mich auf die Schnelle aufzutreiben, aber ich muss eben Opfer bringen und eines von der Stange nehmen, als mir eines auf den Leib schneidern zu lassen. Um die Einladungen kümmere ich mich gleich am Montag. Kennst du jemanden, der uns eine Hochzeitswebsite machen kann? Dann sparen wir uns die Save-the-date-Karten, für die es mittlerweile ohnehin schon zu spät ist, finde ich."

„Nein, ich meine, du hast recht, dass es mir zu schnell geht", bremste Chris Karas Motivationsflug. Die sah ihn unverwandt an.

„Was? Aber wenn wir im September nicht heiraten, dann können wir das Waldorf Astoria für Jahre abschreiben. Das willst du doch auch nicht. Und Chris … ich will nirgendwo anders heiraten als im Waldorf, verstehst du das?"

Chris fragte sich, was Hallie in dieser Situation wohl getan hätte. Ihr wäre es bestimmt egal gewesen, ob sie ihn in einem opulenten Hotel heiratete oder in einer kleinen Hochzeitskapelle mitten in Vegas. Und dann wurde ihm etwas klar.

HALLIE

Eigentlich war Hallie der Appetit an diesem Abend vergangen. Sosehr sie sich auch auf die Pizza und ihre Portion Pasta gefreut hatte, so angewidert war sie jetzt davon. Lustlos stocherte sie in den Nudeln herum, während sie sich irgendeine Dokusoap übers Shoppen ansah. Das Wiedersehen mit Chris – noch dazu im Beisein von Kara – hatte sie volle Breitseite erwischt. Sie packte ihre Essensreste in den Kühlschrank. Rebecca hatte am nächsten Tag bestimmt einen Bärenhunger, wenn sie von ihrem Date zurückkam. Sie aß bei solchen Treffen nie etwas, weil sie früher einmal ziemlich mopsig gewesen war. Obwohl man ihrer besten Freundin heute kaum noch anmerkte, dass sie auch nur ein Gramm Fett zu viel am Körper gehabt hatte, war Becky bis vor wenigen Jahren ein ziemliches Kaliber gewesen. Als kleine „Erinnerung" an diese Zeit war ihr der Tick geblieben, dass sie in Anwesenheit von – fremden – Männern nicht essen konnte. Essen konnte Becky nur bei Kerlen, die sie schon länger kannte oder an denen sie sexuell nicht interessiert war. Aus diesem Grund hatte sie sich heute Mittag auch einen extra ausgiebigen Brunch gegönnt, als sie und Hallie bei ihrem Lieblingsrestaurant um die Ecke waren. Bevor sie gefahren war, hatte sie noch eine Tafel Schokolade verspeist und Hallie versprochen, dass sie sich wohl noch ein Sub am Bahnhof gönnen würde, bevor sie ihren Mann für gewisse Stunden traf. Nichtsdestotrotz würde Becky aber auf das Abendessen heute, das Frühstück morgen und wohl auch auf das morgige Mittagessen verzichten, sodass die Pizza den Sonntagabend bestimmt nicht überlebte. Sie wünschte, es hätte irgendjemanden gegeben, mit dem sie jetzt hätte reden können. Doch Becky war die Einzige, die in die Sache mit Chris eingeweiht war. Es würde ihr also nichts anderes übrig bleiben, als zu versuchen, sich sonst irgendwie zu zerstreuen.

Kurze Zeit später hörte Hallie, wie der Schlüssel im Schloss gedreht wurde und die Tür sich öffnete. Sie richtete sich auf, als Becky plötzlich mit verärgerter Miene im Wohnzimmer stand.

„Der Arsch hat mich versetzt", platzte sie in genau dem Moment heraus, als Hallie sagte: „Ich habe Chris und seine neue Freundin getroffen."

dreizehn

„Was für ein Mistkerl", insistierte Hallie, als
sie von ihrem Glas Rotwein trank. Der Abend
war doch noch ganz nett geworden und wie erwartet hatte die Pizza ihn nicht überlebt. Mit
Becky war auch Hallies Appetit wieder zurückgekommen, und nachdem sie beide die Pasta und
die Pizza verspeist hatten, hatte Becky ein Tablett
mit belegten Broten gemacht und eine Flasche
Wein geöffnet. Manchmal musste man einfach
über die Stränge schlagen.

„Kannst du wohl sagen." Becky hatte es endlich geschafft, ihr ominöses Tinderdate, „Hunter,
39", festzunageln und ihn zu einem Treffen zu
überreden. Hallie war aufgefallen, dass dieser
Mann fast eine magische Anziehung auf Becky
hatte. Er hatte sie über drei Monate lang schmo-
ren lassen, sich hin und wieder gar nicht gemeldet, dann wieder regelmäßig. Er hatte Becky sogar mehrmals als Date gelöscht und sie nach einigen Wochen wieder gematcht. Und Becky hatte
es sich immer wieder aufs Neue gefallen lassen.
Und selbst wenn Becky immer beteuert hatte,
dass dieser Mann nur deswegen ihren Jagdtrieb
geweckt hatte, weil er so schwer zu kriegen war,

so war Hallie sich sicher, dass da mehr dahintersteckte. Allein schon, wie ihre Augen leuchteten, wenn Hunter sich nach einiger Zeit wieder meldete. Und wie sie seine Ausreden hinunterschluckte, ohne sie auch nur annähernd infrage zu stellen. „Mein Account hat sich plötzlich von selbst gelöscht." „Ich kam mit meinen Zugangsdaten nicht mehr rein." „Du warst plötzlich weg und ich dachte, du hättest mich gelöscht." Klar. Wie sie oft da saß und seine Tinderfotos ansah. Und ja, er war optisch wirklich ein Sahnestück. Einer dieser Managertypen, der irgendein multinationales Unternehmen leitete, um das er natürlich ein Riesengeheimnis machte. Nicht, dass Becky eines Tages in seinem Vorzimmer stand und ihm an die Wäsche wollte. Hallie hatte eigentlich gar nicht mehr damit gerechnet, dass Hunter sich bei Becky meldete und sich tatsächlich auf ein Treffen einließ. Ihrer besten Freundin gegenüber hatte sie es zwar nie angesprochen, aber sie war davon ausgegangen, dass Hunter der typische unterforderte Ehemann war. Top-Manager, Familie, zwei nette Kinder und Langeweile pur. Vermutlich holte er sich über seinen Tinderaccount – wie so viele andere – nur etwas Aufmerksamkeit und Schmeichelei. Dass es tatsächlich einmal zu einem Treffen kommen würde, bezweifelte sie allerdings. Doch in den letzten Wochen war Hunter, 39, wohl doch etwas aufgetaut. Seine Nachrichten waren in regelmäßigeren und kürzeren Abständen gekommen und sie hatten sogar zweimal miteinander telefoniert. Becky hatte wie immer eine Wegwerfnummer benutzt, und Hunter hatte sich völlig bedeckt gehalten, indem er mit unterdrückter Rufnummer angerufen hatte. Becky hatte Hallie völlig begeistert erzählt, dass sie und Hunter auf absolut derselben Wellenlänge waren. Dass sie über zwei Stunden telefoniert hatten und dass sie sicher war, ihn am Haken zu haben. Hatte sie dann auch. Sie beide vereinbarten ein Date in Philadelphia, wo Hunter im Moment beruflich zu tun hatte und sich über „nette, abendliche Gesellschaft" freute. Also checkte Becky sich ein Zimmer in einem völlig überteuerten Fünf-Sterne-Hotel, war am Vormittag extra noch beim Friseur gewesen und hatte sich bei Victoria's Secret neue Unterwäsche gekauft. Eindeutig KEIN Zeichen dafür, dass Hunter ihr nur deshalb nicht egal war, weil er nicht leicht zu haben war. Becky hatte sich noch niemals für ein Date neue sexy Unterwäsche besorgt und sich erst recht keinen Termin beim Friseur wegen eines Kerls geben lassen.

„Kannst du laut sagen", bestätigte Becky.

„Und was ist nun genau passiert?"

„Also wir hatten uns im Hyatt verabredet. Wir hatten geplant, dass ich ihm die Zimmernummer über Tinder maile, sobald ich eingecheckt habe, und er sich dann auf den Weg macht." Becky trank ihren Wein aus, so, als wolle sie sich für den Rest der Geschichte Mut antrinken. „Als ich im Zug war, haben wir noch über Tinder miteinander geschrieben und alles war bestens. Er meinte, er freue sich schon und lauter Blabla. Dann bin ich also ins Hotel, habe eingecheckt und ihm die Zimmernummer durchgegeben. Da war auch alles noch bestens. Er meinte, er mache sich dann auf den Weg und wäre in einer halben Stunde bei mir. Also habe ich geduscht und mich zurechtgemacht, ich habe sogar eine Scheiß-Flasche Champagner bestellt." Becky klang enttäuscht.

„Und dann?"

Sie atmete einmal tief durch. „Ich habe gewartet. Es vergingen dreißig Minuten, dann fünfunddreißig. Dann vierzig. Ich habe mir noch nichts gedacht, ich meine, der Verkehr und so. Als er dann fast eine halbe Stunde überfällig war, habe ich ihm eine Nachricht geschickt, wo er steckt. Er meinte, ich solle mal die Tür öffnen. Also bin ich zur Tür, hab geöffnet und … da war niemand."

Hallie sah ihre Freundin an. „Und genau in diesem Moment kam eine weitere Nachricht von Hunter. Er wäre ja eigentlich gar nicht in der Stadt, und er wollte nur sehen, ob er mich so weit bekommt, dass ich diesen Trip auf mich nehme. Herrgott, ich komme mir so idiotisch vor."

Hallie nahm Becky in die Arme. Auch wenn sie es niemals im Leben zugeben würde, hatte dieser Typ Becky bitter enttäuscht. Es war immerhin nicht das erste Mal, dass aus einem Date nichts wurde oder dass ein Kerl sie versetzte. Aber so geknickt wie bei Hunter, hinter dem sie jetzt schon seit Monaten her war, war sie noch nie gewesen.

„Du bist nicht idiotisch. Ich hätte vermutlich genauso reagiert wie du", sagte Hallie. „Ich meine, der Typ sieht göttlich aus und hat dich einfach magisch angezogen ... mach dir nichts draus."

„Ich habe ihn jetzt auf Tinder blockiert und die Wegwerfnummer gesperrt, damit er nur ja nicht mehr an mich rankommt", sagte Becky trotzig. „Wenn der glaubt, ich falle noch mal auf ihn rein, dann kann er mich aber kreuzweise."

„Das wollte ich hören." Hallie hoffte, dass ihre beste Freundin im Falle eines Falles wirklich so standhaft war. Immerhin war es Hunter ja möglich, einen zweiten, nicht blockierten Account auf Tinder zu eröffnen und sich einmal mehr auf die Suche nach Becky zu machen. „Und was ist jetzt mit dir und Chris gewesen?", fragte Becky.

„Ich war bei Tonys und hab mir das Zeug hier abgeholt. Dabei hat eine Frau mich umgestoßen und Chris hat mir aufgeholfen. Es war ... eine sehr merkwürdige Situation", erinnerte Hallie sich zurück. „Wir waren beide schockiert, einander zu sehen. Und dann seine Freundin, diese Kara. Die mich angestarrt hat, als wäre ich eine Außerirdische."

„Ich wüsste nicht, was ich an deiner Stelle getan hätte, wenn Chris mir wieder über den Weg gelaufen wäre. Vermutlich hätte ich ihm eine geklatscht."

Hallie erinnerte sich an Chris' überraschten und gleichzeitig verletzten Gesichtsausdruck. Sie hatte bislang noch nicht genau darüber nachgedacht, aber hätte er nicht eher peinlich berührt wirken müssen als verletzt? Egal, er war mit dieser Kara da gewesen, und allein das war alles, was wichtig war. Er hatte sich für sie entschieden und Ende.

Der Abend nahm seinen Lauf, und nachdem Hallie und Becky nicht nur zwei Flaschen Rotwein, sondern auch die Flasche Champagner geleert hatten, die Becky eigentlich für ihr Date mit Hunter bestellt hatte, war die Stimmung ziemlich ausgelassen.

„Ich finde, wir sollten das jetzt jede Woche machen", lallte Becky und lachte. Hallie fand die Idee spitze.

„Bin dabei", sagte sie. Dann hatte sie einen Einfall. Sie lief wankend in die Küche und wühlte in den Küchenschränken herum, bis sie einige Flaschen Spirituosen zutage beförderte. So angeheitert, wie sie war, kam es ihr nur recht und billig vor, jetzt auch noch Cocktails zu mixen.

„Was ist das?", fragte Becky, als Hallie kurz darauf mit einer Karaffe ins Wohnzimmer kam.

„Ich habe uns Cosmopolitan gemixt", sagte Hallie und stellte die Karaffe auf dem Tisch ab. „Du musst noch die Gläser holen", beauftragte sie Becky, die sich sogleich auf den Weg machte.

„Weißt du, ich habe Hunter wirklich für etwas Besonderes gehalten", murmelte Becky eine Weile später. Die Karaffe mit dem Cosmopolitan war schon fast ausgetrunken und die Zungen der beiden hatten sich deutlich gelockert. „Ich dachte, er kann mein Chris Harris werden, weißt du?"

Hallie wusste, was für ein Geständnis ihre beste Freundin ihr soeben gemacht hatte, war aber nicht in der Lage, klar darüber nachzudenken. „Dein Chris Harris? Sei froh, dass dir das erspart bleibt. Du sparst dir damit eine ganze Menge Scheiß-Schmerz. Ich habe Chris geliebt. Wirklich von Herzen geliebt."

„Als ich dich und Chris gesehen habe, wollte ich auch das, was ihr hattet", gab Becky zu.

„Du wolltest von einem Mann abserviert werden und total wie die zweite Geige behandelt? Glaub mir, willst du nicht."
Becky sah Hallie aus verklärten, betrunkenen Augen an.

„Ich habe eine Idee", rief sie dann und reckte einen Finger nach oben. „Wir machen ein Ritual. Und werden all diese Mistkerle und die Gedanken daran los."
Hallie sah Becky fragend an. „Ein Ritual?", brachte sie mühselig hervor.

„Genau. Ein Ritual. Hol alles, was du noch von Chris hast. Und ich weiß, dass du etwas besitzt, also spar dir die Mühe, mir zu erzählen, du hättest alles weggeworfen. Das werfen wir ins Feuer und befreien uns von diesen beiden Ärschen."

„Was mich noch an Chris erinnert?"

„Du hast den kleinen Karton unter dem Bett. Das weiß ich genau", lallte Becky. Und sie hatte recht. Hallie hatte in einem kleinen pinkfarbenen Karton Dinge von Chris aufbewahrt, von denen sie sich noch nicht hatte trennen können. Darunter waren zwei Jellybeans aus dem Spiel, eine DVD von „Tanz der Teufel" und eine Serviette aus dem Eden Palace, wo sie damals alle gemeinsam gegessen hatten. Sie wusste nicht, ob sie all diese Dinge jetzt schon weggeben wollte, aber in diesem berauschten, losgelösten Zustand, in dem sie sich jetzt befand, fühlte es sich richtig an.

„Geh ihn mal holen", sagte Hallie, stand auf und torkelte nach oben.

Als sie mit ihrem Karton wieder zurückkam, grinste Becky sie verschwörerisch an.

„Ich hab schon ein Feuer gemacht", sagte sie und zog ihre Freundin durch die Küche nach draußen in den Garten, wo im Grill einige Kohlen auf einen Haufen geschichtet worden waren. Darauf hatte Becky Anzündholz aus dem Kamin und zusammengeknüllte Zeitungsseiten geschichtet.

„Und das soll helfen?", fragte Hallie skeptisch, als sie in die kleine Flamme schaute.

„Verlass dich drauf. Stand letztens in der Cosmo. Wir verbrennen alles, was wir von diesen Mistkerlen haben. Und dann sind wir bereit für was Neues."

Hallie war voller Tatendrang. Becky hatte bestimmt recht, und wenn das mit diesem Ritual sogar in der Cosmo gestanden hatte, dann musste es sowieso stimmen.

„Okay", sagte Hallie und öffnete ihren Karton. Sie warf die Serviette und die Jellybeans zuerst hinein, dann besah sie die DVD.

„Los, rein damit", rief Becky.

„Nein, das geht nicht. Da entstehen giftige Dämpfe", sagte Hallie. „Ich werfe sie … da hin." Ihr Blick fiel auf die Biomülltonne im hinteren Bereich des Gartens. Sie torkelte mit der DVD in der Hand hinüber und ließ „Tanz der Teufel" zu Eierschalen, alten Kartoffeln und Salatresten gleiten. „Biomüll ist das aber nicht", murmelte sie sich selbst zu. Als sie zurück bei Becky war, warf sie Fotos und eine Kino-Eintrittskarte ins Feuer. „Das wars", sagte sie schließlich. „Und du? Du hast doch nichts von diesem Typen. Oder willst du dein Handy reinwerfen?"
Becky sah ihre beste Freundin verschwörerisch an, während sie einen Stapel zusammengehefteter Blätter in die Hand nahm, der auf dem Gartentisch gelegen hatte.

„Was soll das sein?", fragte Hallie leicht lallend.

„Das hier, meine liebste Hallie", begann Becky, „ist der gesamte Schriftverkehr, den Hunter und ich jemals geführt hatten. Ich habe ihn ausgedruckt."

Hallie blickte den Stapel Papiere fast entgeistert an. Becky musste in diesen Kerl echt verliebt gewesen sein. Und sie hatte nichts davon bemerkt.

„Ich dachte, vielleicht können wir eines Tages haben, was du und Chris habt", insistierte sie.

„Chris und ich haben aber nichts", sagte Hallie und blickte hypnotisch auf die Flammen, die sich über die Reste ihrer Erinnerungen an Chris hermachten.

„Und ich und Hunter haben ebenfalls nichts", sagte Becky und warf die gesammelten Werke in die Flammen. Sofort züngelten sie um die Blätter, sengten deren Ecken an und krochen zwischen die einzelnen Seiten. „Und wir hatten auch nie was", setzte sie abschließend hinzu. Hallie sah in die Flammen und fühlte sich noch nicht sehr erlöst. Becky hatte doch gesagt, dass sie sich danach völlig frei und bereit für Neues fühlen würde. Aber nichts dergleichen geschah.

„Ich fühl mich nicht anders", sagte Hallie.

„Da ist noch was drin."

„Hä?" Hallie sah Becky an, die auf den Karton deutete.

„Da ist noch was drin." Sie griff danach und förderte ein weißes Blatt Papier zutage. Trotz ihres alkoholisierten Zustandes wusste Hallie sofort, worum es sich bei dem Papier handelte. Ihr stockte der Atem. Die letzte Verbindung zu Chris. Auf dem Blatt stand seine Telefonnummer. Er hatte sie ihr damals auf ein Stück Papier geschrieben, bevor sie zu ihm nach Hause gegangen waren. Sie hatte die Nummer die ganze Zeit über vergessen.

„Wessen Nummer ist das?", fragte Becky. „Chris'?"

Hallie nickte. In Beckys Augen begann etwas zu leuchten. „Ruf ihn an, und sag ihm, dass du über ihn hinweg bist", sagte sie. Das Lallen aus ihrer Stimme war jetzt fast verschwunden. War es möglich, dass der Alkohol sich bereits wieder verflüchtigte?

„Ich weiß nicht so recht", druckste sie herum.

„Doch, mach schon. Wenn du ihm persönlich sagst, dass du über ihn hinweg bist, dann hast du dich wirklich von ihm befreit." Becky wedelte mit der Nummer herum. Sollte Hallie Chris wirklich anrufen? Um diese Uhrzeit? Sie wusste nicht genau, wie spät es tatsächlich war, aber es war bestimmt längst nach Mitternacht und Chris würde schlafen. Sie würde ihn also wahrscheinlich gar nicht erreichen. Und vielleicht war es tatsächlich eine gute Idee, ihm zu sagen, dass sie über ihn hinweg war. Und wenn nicht – wen scherte es schon? Chris war kein Teil ihres Lebens mehr. Außerdem war da noch genügend Alkohol in ihr, dass sie die Sache wirklich für eine gute Idee hielt. Sie schnappte sich das Blatt Papier von Becky und holte ihr Handy aus dem Wohnzimmer. Dann tippte sie Chris' Nummer ein und wartete einige Augenblicke.

„Es klingelt", informierte sie, als der erste Klingelton in ihr Ohr drang. Wie erwartet ging Chris nicht selbst ran. Vermutlich lag er eng umschlungen mit der knochigen Kara im Bett und schlief den Schlaf der Gerechten. Stattdessen meldete sich nach einiger Zeit der Anrufbeantworter. Umso besser. Hallie fiel ein Stein vom Herzen. Sie würde Chris viel leichter sagen können, was Sache war, wenn sie das über seinen AB machen konnte.

„Chris? Hier is Hallie", sagte sie einen Tick zu laut. Sie hatte eine Art Motivation aufgebaut und die Worte sprudelten nur so aus ihr heraus. „Ich wollte dir nur sagen, ich habe soeben unsere gemeinsame Vergangenheit ins Feuer geworfen." Sie bemerkte, dass es ihr Mühe bereitete, klar zu sprechen, aber das war ihr im Moment ebenfalls egal. „Ich habe alles verbrannt. Die Jellybeans und die Serviette. Die Kinokarten und die Fotos. Denn, mein Lieber, ich habe dich überwunden. Richtig gehört: Ich habe dich Ü-BER-WUN-DEN! Ich bin über dich hinweg. Ein für alle Mal. Meinetwegen werde mit deiner Kara glücklich und heirate sie in dem Pavillon im Hotel, wo du sie geküsst hast. Wäre das nicht eine nette Idee? Ich schicke euch dann Blumen. Denn ich … habe dich überwunden. Vergiss das bloß nicht. Hallie ist über Chris hinweg. Hallie hat Chris überwunden. Ein für alle Mal. Gute Nacht."

vierzehn

HALLIE

Noch bevor Hallie richtig wach wurde, bemerkte sie ein ekliges Gefühl in ihrer Kehle und Schmerzen in ihrem Kopf, die sich bis in ihren Nacken hinunterzogen. Sie versuchte, die Augen zu öffnen, was ihr nur mäßig gelang. Sie lag in ihrem Bett und die Vorhänge waren zugezogen. Sie hatte Sodbrennen und ihr Schädel dröhnte. Was zur Hölle hatte sie gemacht? In den ersten Augenblicken ihres Erwachens konnte sie sich nicht daran erinnern, wie sie sich diesen mächtigen Kater zugezogen hatte. Dann dämmerte es ihr langsam wieder. Sie und Becky hatten ihren Frust mit Wein, Champagner und Cocktails hinuntergespült. Und dann noch ein Sixpack Bier im Kühlschrank gefunden, das bei einem Barbecue übrig geblieben war. Es war wirklich keine gute Idee gewesen, sich dermaßen zu betrinken und dann noch dieses „Ritual" zu vollziehen, von dem Becky gesprochen hatte. Erst jetzt wurde Hallie schmerzlich bewusst, dass sie tatsächlich all ihre Erinnerungen an Chris verbrannt hatte. Ja, sie hatte sie ohnehin vergessen wollen, aber jetzt, wo sie unwiederbringlich verbrannt waren, tat es ihr fast leid. Sie erinnerte sich daran, wie sie die Stücke ins Feuer geworfen hatte und wie ... Ruckartig setzte sie sich auf. So heftig, dass ihr Kopf noch mehr schmerzte, als er es ohnehin schon tat. Sie hatte Chris angerufen letzte Nacht. O nein. Sie hatte ihn angerufen und ihm gesagt, dass sie über ihn hinweg war, oder? Oder war es möglich, dass das nur ein Traum war? Ihr wurde ganz übel bei dem Gedanken, was Chris nun dachte, nachdem sie ihm in betrunkenem Zustand auf den Anrufbeantworter gesprochen hatte. Was hatte sie überhaupt gesagt? Sie wusste es nicht mehr. Und das machte auch keinen Sinn. Sie ließ sich in die Kissen sinken, schloss die Augen fest und tastete nach ihrem Handy.

CHRIS

Nachdem Chris an diesem Morgen seine übliche Runde im Central Park gedreht hatte, fühlte er sich erfrischt und wie neu geboren. Es war die richtige Entscheidung gewesen, sich von Kara zu trennen. Auch wenn es eine ganze Weile gedauert hatte, so war ihm nun doch endlich klar geworden, dass sie nicht die richtige Frau für ihn war.

Es war ein Fehler gewesen, sie als Notnagel zu daten, nur weil Hallie ihn nicht mehr wollte. Und seit er ihr gestern beim Italiener über den Weg gelaufen war, ging sie ihm sowieso nicht mehr aus dem Kopf. Wenn es doch nur irgendeine Möglichkeit gab, sie zurückzugewinnen. Doch er hatte verspielt. Hallie hatte ihn mit Kara gesehen, und die hatte ganze Arbeit geleistet, als sie sich mit Hallie unterhalten hatte. Hallie gab ihm bestimmt keine zweite Chance mehr. Sie hatte ihm ja noch nicht einmal erklären können, warum sie die Beziehung mit ihm das erste Mal beendet hatte, obwohl er sich denken konnte, dass es mit Kara zu tun hatte.

Er hatte eine Dusche genommen, sich rasiert und sich angezogen. Sein Dienst im Krankenhaus begann erst zu Mittag, sodass er noch etwas Zeit hatte, um sich die neuesten Sportergebnisse auf seinem Handy anzusehen und dabei etwas zu frühstücken. Als er sein Smartphone aktivieren wollte, reagierte es nicht. Er tippte ein-, zwei-, dreimal auf das Display, doch das blieb so schwarz wie die Nacht. Dann fiel es ihm ein. Er hatte das Handy ausgemacht, weil Kara begonnen hatte, ihn am Telefon zu terrorisieren, nachdem sie gegangen war. Sie hatte wieder und wieder angerufen, getextet und ihn um eine neue Chance gebeten. Nachdem er ihr viermal gesagt hatte, dass die Beziehung für ihn beendet sei, weil er sie einfach nicht liebte, hatte er kurzen Prozess gemacht und das Handy ausgeschaltet. Er hoffte, dass Kara inzwischen zur Besinnung gekommen war und ihn nicht weiter mit Anrufen bombardierte, als er sein Handy aktivierte. Wie erwartet, vermeldete es zahlreiche entgangene Anrufe und dreiundneunzig WhatsApp-Nachrichten. Wie verrückt war jemand, der einem anderen dreiundneunzig WhatsApps schickte? Natürlich waren auch alle entgangenen Anrufe von Kara, dennoch scrollte er durch die Liste, um niemanden zu übersehen, der vielleicht einen Rückruf verdient hatte. Sein Atem stockte, als er sah, dass Hallie ihn angerufen hatte. Und nicht nur das, sie hatte ihm eine Nachricht auf dem Anrufbeantworter hinterlassen. War es möglich, dass sie die Begegnung am Vortag ebenso sehr aufgewühlt hatte wie ihn? Wollte sie vielleicht eine zweite Chance? Nein. Hallie war nicht der Typ Frau, der einer anderen den Kerl ausspannte, und dass er und Kara ein Paar waren, hatte sie nur allzu deutlich klargemacht. Seine Finger zitterten fast etwas, als er die Nachricht auf seinem Anrufbeantworter aufrief und sie abspielte.

„Chris? Hier ist Hallie. Ich wollte dir nur sagen, ich habe soeben unsere gemeinsame Vergangenheit ins Feuer geworfen. Ich habe alles verbrannt. Die Jellybeans und die Serviette. Die Kinokarten und die Fotos. Denn, mein Lieber, ich habe dich überwunden. Ja, du hast richtig gehört: Ich habe dich Ü-BER-WUN-DEN. Ich bin

über dich hinweg. Ein für alle Mal. Meinetwegen werde mit deiner Kara glücklich und heirate sie in dem Pavillon im Hotel, wo du sie geküsst hast. Wäre das nicht eine nette Idee? Ich schicke euch dann Blumen. Denn ich … habe dich überwunden. Vergiss das bloß nicht. Hallie ist über Chris hinweg. Hallie hat Chris überwunden. Ein für alle Mal. Gute Nacht."

Er sah sein Handy an, spielte die Nachricht ein zweites, ein drittes und ein viertes Mal ab und versuchte, jedes Wort daraus aufzusaugen. Hallie war über ihn hinweg? Sie hatte ihn überwunden? Was gab es an ihm zu überwinden, wo sie es doch damals gewesen war, die die Beziehung beendet hatte. Er hörte sich die Nachricht ein fünftes Mal an. „Heirate sie in dem Pavillon im Hotel, wo du sie geküsst hast." Jetzt fiel es ihm wie Schuppen von den Augen. Natürlich. Hallie musste sie damals in dem Pavillon gesehen haben. Am Ende hatte sie wirklich noch diesen Kuss mitbekommen? Darum war sie so schnell verschwunden und hatte ihn dann sitzen lassen. War nicht mehr erreichbar gewesen und hatte jede Verbindung zu ihm gekappt? Großer Gott, wie weh musste es ihr getan haben, als sie ihn in dieser Situation ertappt und sie so völlig falsch interpretiert hatte? Er kannte die Geschichte von Hallies Exverlobtem Tom, diesem feigen Schwein, der seine neue Freundin vorgeschickt hatte, um die Verlobung zu Hallie zu lösen. Und jetzt … musste sie geglaubt haben, dass er sie genau in dieselbe Situation gebracht hatte. Obwohl er ihr immer wieder gesagt hatte, dass er anders war. Dass er keine Herzen brach. Jetzt wurde ihm alles klar. Erst hatte er Hallie bei Bloomingdales in der Umkleide so hängen lassen, als Kara ihm erneut über den Weg gelaufen war, und dann hatte sie ihn in dem Pavillon zusammen mit ihr entdeckt. Er nahm sein Handy und wählte Hallies Nummer.

HALLIE

„O Gott, ich brauche eine neue Handynummer", klagte Hallie, als sie wenig später frisch geduscht in der Küche saß und in Beckys ebenso ziemlich erschlagenes Gesicht blickte, die ihr Frühstück durch Kopfschmerztabletten ersetzt hatte.

„Und ich brauche einen neuen Kopf", jammerte sie und trank einen großen Schluck Wasser. „Chris hat mir drei Nachrichten hinterlassen, dass er mit mir wegen meiner Nachricht sprechen muss", sagte Hallie. „Meinst du, er will mich verklagen oder so? Kann er das überhaupt?"

„Weil du ihm mitten in der Nacht auf den AB gesprochen hast, dass du über ihn hinweg bist? Glaube nicht", sagte Becky unmotiviert. „Vielleicht wegen nächtlicher Ruhestörung, aber ich denke, da kommt nicht viel raus."

„Ich werde später in die City fahren und mir eine neue Nummer geben lassen", beschloss Hallie. Sobald ich wieder klar im Kopf war. „Und dieses Stück Papier, auf dem Chris' Nummer steht, wird bis dahin entsorgt, ja?"

„Zu Befehl." Becky grinste. „Hast du irgendeine Ahnung, was Chris von dir wollen kann?", fragte sie.

„Na, was wohl? Er wird fragen, ob ich von allen guten Geistern verlassen bin, wenn ich ihm mitten in der Nacht im betrunkenen Zustand so eine blöde Nachricht aufspreche."

„Hast du … schon mal dran gedacht, dass er was anderes will?"

„Was? Mich fragen, ob ich Trauzeugin bei ihm und seiner neuen Freundin sein möchte? Kein Bedarf." Es war seltsam. Bislang waren derartige Gespräche zwischen Hallie und Becky nie vorgekommen. Man hatte sich höchstens über die neuesten Kerle und die heißesten Nächte, Penisgrößen und Sexpraktiken der verschiedenen Männer unterhalten. Aber nicht, was ein Mann, der einem das Herz gestohlen hatte, möglicherweise von einem wollen konnte. Hallie fragte sich, wohin diese Zeit gekommen war und seit wann sie und Becky ganz normale Thirtysomethings waren, die sich mit Beziehungsproblemen auseinandersetzten.

„Ich würde ihn auf jeden Fall zurückrufen", meinte Becky. „Ich meine, das mit euch ist nicht spurlos an dir vorübergegangen. Was, wenn es ihm auch nicht anders geht?"

„Herrgott, Becky, der Typ hat mich als Platzhalter für seine Exverlobte benutzt und mich abserviert, sobald die wieder auf der Matte gestanden hat. Er hat sich keine drei Wochen Zeit gelassen, mich aus seinem Leben zu entfernen, als Kara wieder auf der Bildfläche aufgetaucht ist. Selbst wenn er der letzte Mann auf Erden wäre, könnte der mir so was von gestohlen bleiben."

Becky hatte in der Zwischenzeit ihr Smartphone aktiviert und die Tinderapp geöffnet. Eifrig wischte sie Matches nach links und nach rechts.

„Du solltest wieder anfangen, zu tindern, Hallie, echt", sagte sie. „Das Leben ist viel einfacher, wenn du die Kerle nur für ein paar heiße Stunden an dich ranlässt und sie dann selbst abservierst."

Später an diesem Nachmittag fühlte Hallie sich schon etwas besser. Sie hatte sich mit Kopfschmerztabletten vollgepumpt und einen ausgiebigen Spaziergang im Central Park unternommen, nachdem sie nach Manhattan gefahren war, um ihre Handynummer zu tauschen. Ein Besuch bei der Eiche war genau das Richtige in diesem Augenblick. Es dämmerte bereits etwas, und man merkte, dass der Sommer sich langsam dem Ende zuneigte. Die Blätter im Park verfärbten sich bereits bunt, und das Sonnenlicht war nicht mehr so grell, wie es noch vor einigen Tagen hier draußen gewesen war. Hallie hatte Glück, als sie zu der großen Eiche kam. Ihr Lieblingsplatz war nicht besetzt. Rundherum spazierten zwar ein paar Menschen, doch keiner von ihnen würde sie stören, wenn sie sich jetzt unter den Baum setzte und ihren Gedanken nachhing. Ein warmes Gefühl durchflutete sie, als sie sich bei den Wurzeln der Eiche niederließ. Sie lehnte sich an den knorrigen Baumstamm und fühlte, wie Energie sie erfüllte. Es war so wunderbar hier draußen. Egal, wer oder was sie fertigmachte, hier draußen unter dieser Eiche waren alle Probleme nur halb so groß. Sie atmete tief ein, schloss die Augen und genoss die Stille um sich herum. Das Rauschen der Blätter im Wind, das Wasser, die Vögel, die zwitscherten. Das hier würde ihr niemals jemand wegnehmen können.

Noch bevor sie die Augen öffnete, bemerkte sie, dass jemand vor ihr stand. Hin und wieder war sie hier schon angequatscht worden. Von irgendwelchen Kerlen, die meinten, sie könnten sie angraben … oder von Obdachlosen, die sie um ein paar Cent baten. Sie blinzelte kurz, als das Sonnenlicht sie blendete, und formte mit ihrer rechten Hand einen Schirm, um zu erkennen, wer vor ihr stand. Sie erschrak und setzte sich kerzengerade auf. Chris.

„Was … willst du hier?", fragte sie. Woher hatte Chris gewusst, dass sie unter der Eiche im

Central Park saß? „Bist du wegen der Nachricht heute Nacht hier? Tut mir leid. Ich hatte zu viel getrunken und es ist wohl mit mir durchgegangen. Ich habe eine neue Nummer und so was kommt nicht wieder vor. Sag auch Kara, dass es mir sehr leidtut, falls ich einem von euch beiden – oder euch beiden – den Schlaf geraubt habe."

Chris kam einen Schritt auf Hallie zu und setzte sich dann im Schneidersitz vor sie hin. „Hallie, diese Nachricht, die du mir heute Nacht auf den AB gesprochen hast, du sagtest darin, dass du mich überwunden hast."
Hallie sah Chris an. Sie war völlig aufgewühlt und ihr Herz raste.

„Ja, tut mir leid. Ich war nicht Herrin meiner Sinne. Ich hatte zu viel getrunken, und Becky hatte diese dumme Idee, dass wir uns von unseren Exfreunden befreien sollten, indem wir alle Sachen verbrennen, die uns an sie erinnern. Glaub mir, mit dem Kater, den ich heute Morgen ausgefasst habe, habe ich bereits für den Fehltritt letzte Nacht gebüßt. Es tut mir leid, Chris. So was kommt nicht mehr vor. Und ich möchte mich auch in aller Form bei dir und Kara entschuldigen."
Chris ging nicht auf ihre Entschuldigung ein. „Was meintest du damit, als du sagtest, du hättest mich überwunden? Was gibt es denn an mir zu überwinden?"
„Chris, ich …" Sie hatte keine große Lust, hier draußen über ihre immer noch vorhandenen Ge-

fühle für ihn zu diskutieren. War es möglich, dass er sich auf diese Art und Weise an ihr rächte? Es genoss, wenn er sie hier zappeln ließ?

„Hallie, bitte. Ich lasse dich danach auch in Ruhe, versprochen. Aber bitte sag mir, was es an mir zu überwinden gab, nachdem du dich von mir getrennt hattest."

Hallie sah Chris in die Augen. Wie charmant er es doch umschrieb. „Nachdem du dich von mir getrennt hattest." Klar, nachdem Hallie ja diejenige war, die einen Schlussstrich unter die Beziehung gesetzt hatte, konnte er jetzt locker einen auf „Sitzengelassener" machen. Hallie beschloss, reinen Tisch zu machen. Wenn Chris die Wahrheit haben wollte, dann sollte er sie auch bekommen und damit leben, dass doch nicht alles so glatt gegangen war, wie er vielleicht glauben mochte.

„Ich habe euch damals gesehen, Chris", sagte Hallie. Sie war überrascht, wie stark ihre Stimme klang. Für einen Augenblick glaubte sie, dass Beckys Ritual vielleicht doch seine Früchte trug. „Ich habe euch nicht nur gesehen, ich habe euch zugehört. Ich habe direkt unter dem Pavillon gestanden, als Kara dir eröffnet hat, dass sie zu dir zurückmöchte. Und ich habe Wort für Wort gehört, was du gesagt hast. Außerdem habe ich euren Kuss gesehen. Da wollte ich euch nicht länger im Weg stehen. Ich wollte nicht schon wieder diese dumme Kuh sein, die eine Info als Letzte erhält. Vermutlich war es auch Selbstschutz oder so."

Chris sah Hallie an. Er hatte fast befürchtet, dass sie etwas von damals mitbekommen hatte. Aber dass sie alles mit angehört hatte, schockierte ihn. Wie verletzt musste sie gewesen sein? Wie vor den Kopf gestoßen? Ihre Handlungen waren eigentlich nachvollziehbar. Und obwohl Chris im ersten Moment stocksauer auf sie gewesen war, weil sie ihn einfach so mir nichts, dir nichts hatte sitzen lassen, fühlte er jetzt, wie sehr er ihr Herz gebrochen haben musste. Nachdem sie all das schon einmal hatte durchmachen müssen, hatte sie gedacht, es passierte ihr jetzt ein zweites Mal.

„Scheiße, Hallie, das alles war doch nur ein riesengroßes Missverständnis", begann er und sah sie an. „Ja, Kara hat versucht, mich an diesem Abend zurückzugewinnen, und ja, sie hat mich geküsst. Aber hättest du nur noch eine Sekunde gewartet, dann hättest du mit angehört, wie ich ihr gesagt habe, dass ich dich liebe. Und dass es für sie keinen Weg zurück gibt, einfach, weil sie denkt, ich würde springen, wenn sie das von mir möchte. Ich … war so enttäuscht und so voller Wut, als du mich von heute auf morgen abgesägt hast und für mich nicht mehr erreichbar gewesen bist."

„Du willst mir jetzt also erzählen, dass du und Kara nicht mehr zusammengekommen seid seit dieser Nacht im Waldorf Astoria?" Hallies Augen hellten sich auf und für einen Moment glaubte sie an ihr ganz persönliches Märchen. Vielleicht waren Chris und Kara am Vortag nur einfach so Pizza essen gewesen. Es war ja nichts Ungewöhnliches, wenn Expartner auch nach der Trennung noch einen guten Draht zueinander hatten. Vielleicht wollte Kara Chris trotz allem in ihrem Leben behalten und gab sich auch mit einer Freundschaft zufrieden. Eine aufgeschlossene Frau, wie Hallie eine war, verstand so was doch, oder? Ein Stein fiel ihr vom Herzen, als ihr das ganze Ausmaß bewusst wurde. Wenn Chris tatsächlich nur mit Kara befreundet war, dann bestand für sie beide immer noch eine Chance, oder etwa nicht?

„O doch. Wir … wir waren wieder zusammen. Wir sind sogar kurzzeitig wieder verlobt gewesen, glaube ich zumindest. Also Kara hat ihren Ring getragen, und gestern hat sie mir abends den Vorschlag gemacht, im September zu heiraten."

Hallie wurde übel. „Ihr seid verlobt?"

„Nein", sagte Chris sanft. „Wir waren es. Glaube ich zumindest. Also es war nicht offiziell, aber …"

„Und sie hat dir vorgeschlagen, zu heiraten?"

„Ja, das stand im Raum. Aber … September war mir zu früh und außerdem bist du mir seit unserem Treffen nicht mehr aus dem Kopf gegangen."

„Warum … bist du wieder mit ihr zusammengekommen, wenn du sie in der Nacht im Hotel doch nicht zurückhaben wolltest?" Für Hallie ergab das alles keinen Sinn mehr. Eine bittere Schwere hatte sich über sie gelegt.

„Hallie, hör zu. Du warst plötzlich weg und ich war sauer auf dich. Und Kara war da und hat sich um mich gekümmert und …"
„Und da hast du beschlossen, dich mit ihr zu verloben? Und jetzt? Jetzt bin ich wieder interessant, weil ich dir bei Tonys in die Arme gelaufen bin?"
„So ist das nicht, Hallie. Es ist alles scheiße gelaufen. Ich war in einer emotionalen Ausnahmesituation. Ich dachte, du hast mich sitzen lassen, und Kara hat die Situation für sich ausgenutzt. Und ja, ich weiß, wie armselig diese Ausrede jetzt klingt, aber du musst mir glauben, dass ich dich liebe. Ich liebe dich, Hallie." Chris sah sie an. Hallie wusste nicht, was sie sagen sollte. Das hier war doch nichts weiter als ein übler Scherz, oder?
„Du sagst mir, du liebst mich, während du damals mit Kara darüber nachgedacht hast, zu ihr zurückzugehen, das dann auch getan hast, nein, mehr noch, du hast dich mit ihr verlobt. Dann begegnest du mir gestern in der Pizzeria und jetzt möchtest du mich zurück? Da vorne an dem Hotdogstand, die Verkäuferin ist echt nett. Wenn wir da dran vorbeilaufen, bin ich dich dann los, weil du sie willst?"
„So ist das nicht, Hallie. Du verstehst mich völlig falsch. Ich liebe dich. Ich habe dich immer geliebt. Und ich war verletzt, als ich gedacht habe, ich hätte dich verloren. Mir ist bewusst geworden,

dass du die richtige Frau für mich bist und nicht Kara. Ich liebe es, wie du bist, Hallie. Deine geradlinige, offene und ehrliche Art. Deine Unkompliziertheit. Deine Herzlichkeit. Ich weiß, dass nur du die Richtige für mich bist und keine andere Frau auf dieser Welt."

Hallie sah Chris an. Lange, ohne auch nur ein Wort zu sagen. Wie oft in den letzten Wochen hatte sie sich insgeheim gewünscht, dass Chris bei ihr auftauchte und ihr genau dieses Geständnis machte? Dass er ihr sagte, dass er sie liebte und nur sie wollte. Und jetzt, wo es so weit war, hatte er alles so sehr zerstört, dass es nichts mehr bedeutete.

„So funktioniert das nicht, Chris", sagte Hallie. „Das alles ist mir zu unsicher."
„Unsicher?"
„Ich will nicht wieder Gefahr laufen, dass dir in drei Monaten erneut jemand begegnet, den du dann in dein Leben lässt, so wie Kara. Es hat nur eine ganz kleine Ausnahmesituation bedeutet und du bist zu ihr zurückgegangen."
„Eine kleine Ausnahmesituation? Hallie, du hast mit mir Schluss gemacht und mich dumm sterben lassen."

„Du hast fast zwei Stunden mit ihr da draußen gesessen und bist nicht von ihr losgekommen. Und ich habe euren Kuss gesehen, Chris. Was hättest du an meiner Stelle getan und gedacht? Wenn ich meinen Exfreund geküsst hätte? Nachdem ich zuvor laut darüber nachgegrübelt habe, ob ich ihn noch liebe?"

„Heißt das, du willst mir ... du willst uns keine zweite Chance geben."

Hallie sah Chris an. Sie wusste, dass sie diesen Mann liebte und nie wieder einen wie ihn finden würde. Und dennoch saß der Schmerz zu tief in ihr. Sie stand auf. Chris erhob sich ebenfalls.

„Hallie, bitte. Du weißt, dass wir beide zusammengehören. Das weißt du." Chris klang jetzt fast flehentlich, und Hallie spürte, wie Tränen in ihre Augen stiegen.

„Ich ... ich kann einfach nicht", sagte sie und eilte an ihm vorbei. „Tut mir leid."

fünfzehn

„Hallie, mein liebes Kind." Die Augen von
Agatha Jones begannen zu strahlen, als Hallie den
Gemeinschaftsraum des Seniorenheimes betrat.
Sie war froh, an diesem Mittwoch diese Form der
Zerstreuung zu haben. Seit sie Chris am Sonntag
im Central Park begegnet war, konnte sie keinen
klaren Gedanken mehr fassen. Immer und immer
wieder drangen seine Worte und seine Blicke in
ihren Kopf. Er hatte so aufrichtig gewirkt. Und …
er war der einzige Mann, bei dem sie jemals dieses Gefühl der Geborgenheit erlebt hatte, das sie
so sehr liebte. War es ein Fehler gewesen, ihn
abzuweisen? Hätte sie über ihren Schatten springen und ihm noch einmal eine Chance geben sollen? Aber was, wenn er das dann als Freibrief
gesehen hätte, mit ihr zu machen, was er wollte?
Was, wenn ihm irgendwann wieder eine Exfreundin über den Weg gelaufen wäre? Was, wenn er
eines Tages einer netten Krankenschwester im
Krankenhaus begegnete oder eine Patientin zuge-
teilt bekam, die er „auch noch auf andere Art und
Weise" untersuchen wollte? Doch nie mehr im
Leben wollte sie durchmachen, was sie damals
bei Tom durchgemacht hatte. Und auch wenn sie

sich gewünscht hätte, Chris eine zweite Chance zu geben, so hatte sie es einfach nicht geschafft.

„Hallo, Agatha." Hallie setzte sich auf den freien Stuhl neben die alte Dame. Agatha war die Witwe eines Industriellen, der in den Fünfzigerjahren ein Vermögen gemacht hatte. Damals hatte sie im seinerzeitigen Jetset gelebt, doch jetzt war sie sehr still geworden. Seit ihr Mann vor vier Jahren verstorben war, hatte sie sich in die Seniorenresidenz zurückgezogen und freute sich immer sehr, wenn Hallie auf eine Partie Bridge vorbeikam oder einfach, um sich ein bisschen mit ihr zu unterhalten.

„Wie geht es dir, meine Liebe?"

„Bei mir ist alles bestens und bei Ihnen?" Hallie sah die alte Frau an. Agatha blickte oben über ihren Brillenrand und sah Hallie an.

„Und jetzt fangen wir noch mal von vorne an. Wie geht es dir?"

„Was meinen Sie?" Hallie lächelte die alte Dame an. Seit ihre eigene Großmutter verstorben war, war Agatha so eine Art Ersatzgroßmutter für sie geworden.

„Ich bin zwar schon alt und meine Augen sind nicht mehr das, was sie einmal waren, aber ich kann es noch ziemlich gut erkennen, wenn es jemandem nicht gut geht. Und du, junge Dame, siehst aus, als hättest du etwas Großes auf dem Herzen."

Hallie überlegte. Sollte sie Agatha ihr Herz aus-

schütten? Eigentlich war sie mit ihren Liebes-
problemen immer bestens allein zurechtgekom-
men. Hauptsächlich deshalb, weil es vor Chris
nicht vorgekommen war, dass sie welche gehabt
hatte. „Ach, es ist halb so wild", begann sie. „Ich
habe nur kürzlich einen Mann in die Wüste geschickt, von dem ich mir sicher war, dass er der
Richtige für mich hätte sein können."

Agatha zog eine Augenbraue hoch. „Was hat
er ausgefressen? Hat er dir das Herz gebrochen?"

„Es ist ziemlich verfahren", begann Hallie,
„und eine lange Geschichte. Ich will Ihre Zeit
nicht stehlen."
Agatha lachte so laut auf, dass es für den Moment
unpassend wirkte. „Meine Zeit nicht stehlen?
Liebes, in dieser Einrichtung hier habe ich eines
mehr als genug. Und das ist Zeit. Also los, was ist
passiert?"
Hallie seufzte. Und dann begann sie, zu erzählen.
Sie fing ganz von vorn an, von ihrer unbedarften
Zeit als Mädchen, als sie noch an die wahre Liebe
glaubte und als sie Tom kennenlernte, mit dem
sie ihre Zukunft plante. Sie holte aus, was ihre
Gefühle betraf, als Toms neue Freundin vor der
Tür gestanden hatte. Was das in ihr ausgelöst und
verändert hatte. Sie erzählte zum ersten Mal in
ihrem Leben einer anderen Person, die nicht
Becky war, von ihrem verrückten Leben als „Bad
Girl", das sich mit Männern nur für ein paar
schöne Stunden traf und sie dann nicht mehr anrief. Von Tinder, von all den falschen Namen und

Adressen, von falschen Lebensläufen und von der Wäscherei in Brooklyn, bei der man landete, wenn man die Nummer wählte, die Hallie ihren Dates gab. Sie erzählte Agatha von Chris, der als belangloses Date begonnen und ihr ein Gefühl vermittelt hatte, das sie noch nie zuvor verspürt hatte. Und als sie endete, während die Nachmittagssonne zum Untergehen ansetzte, hatte sie Tränen in den Augen. Sie war sich gar nicht sicher, was Agatha Jones jetzt von ihr halten würde. Vielleicht fand sie Hallie und ihren Lebenswandel unmöglich und bat sie, sofort zu gehen. Welche Frau von Agathas Format würde sich wohl auch mit einer Schlampe wie Hallie umgeben. Ja … das war der Begriff, vor dem sie sich insgeheim immer gefürchtet hatte. Und jetzt benutzte sie ihn selbst für sich. Sie war eine Schlampe.

„Also … da hast du ja schon so einiges durch, mein Kind", sagte Agatha, als Hallie geschlossen hatte. „Aber glaub mir, nichts wird so heiß gegessen, wie es gekocht wird, und wenn dein Traumprinz von Tinder – was immer das auch ist – der Richtige für dich ist, dann bekommen wir euch schon unter die Haube." Agatha sah Hallie an, dann warf sie einen Blick auf ihr Seniorenhandy, das vor ihr auf dem Tisch lag. Sie hob es an und betrachtete es. „Ich will dir mal was erzählen, Liebes. Aber im Anschluss daran erklärst du mir, wie aus diesem Ding hier eine Verabredung für mich rauskommt, ja?"

Hallie hatte für Agatha und sich ein Stück Kuchen und Orangensaft geholt und setzte sich wieder zu der alten Dame an den Tisch.

„Weil du so ehrlich zu mir warst, Hallie, werde ich jetzt auch ehrlich zu dir sein. Die Geschichte, die ich dir erzählen werde, hat noch nie jemand gehört außer mir und meinem Mann. Weißt du, Donald war in jungen Jahren sehr gut aussehend. Gepaart mit seinem Geld und seinem Charme war er das, was man wohl gemeinhin als Volltreffer bezeichnen konnte. Ach, er war so gut aussehend, er wirkte wie der Zwillingsbruder von Cary Grant. Im zweiten Jahr unserer Ehe begann sein Geschäft richtig gut zu laufen, und mir ist eines Tages aufgefallen, dass er vermehrt Nächte im Büro geblieben ist. Zunächst nur hin und wieder, alle paar Wochen einmal. Dann ... öfters. Länger. Eines Abends bin ich in die Stadt gefahren und habe vor dem Bürogebäude, in dem die Firma untergebracht war, gewartet. Ich wollte wissen, mit welchen Leuten er sich herumtreibt, was er macht. Und ... du kannst dir bestimmt schon denken, was ich gesehen habe. Donald war nicht mit Geschäftspartnern unterwegs, sondern mit seiner blutjungen Sekretärin. Die beiden kamen pünktlich um fünf aus dem Büro, stiegen in seinen Wagen und fuhren dann in die Upper East Side. Wie ein altes Ehepaar stiegen sie aus und gingen in ein Appartement, das Donald für sie beide gekauft hatte. Ich fuhr zurück nach Hause,

packte einen Koffer und wartete, bis Donald das
nächste Mal zu mir – in sein anderes Zuhause –
kam. Ich werde nie vergessen, wie er zur Tür her-
eingeschneit ist und mich überrascht ansah. Normalerweise köchelte gerade das Essen auf dem
Herd und ich hatte ihm das Wallstreet Journal
bereitgelegt. An diesem Tag … hatte ich nichts
dergleichen vorbereitet. Ich saß mit einem Glas
Rotwein und übergeschlagenen Beinen in der
Küche und sah ihn an. Dann habe ich ihn zur Rede gestellt und ihn verlassen. Du musst wissen,
Liebes, damals waren es die Sechzigerjahre. Als
Ehefrau einen Mann zu verlassen war etwas, was
sich nicht schickte. Die Männer damals hatten so
ziemlich alle Freiheiten, die ihnen vorschwebten.
Doch ich war so fuchsteufelswild, dass er mich
hintergangen und belogen hatte, dass mir das alles egal war. Selbst wenn ich unter einer Brücke
hätte schlafen müssen, hätte ich das noch dieser
Farce einer Ehe vorgezogen. Ich war fest entschlossen, diese Ehe zu beenden, egal, welchen
Preis ich dafür würde zahlen müssen. Ich habe
mir damals einen Scheidungsanwalt gesucht –
was zu dieser Zeit nicht einfach war. Immerhin
hatte ich kaum eigenes Geld, und ich musste erst
einmal jemanden finden, der bereit war, mich,
eine Frau, vor Gericht bei der Scheidung zu vertreten. Erst recht gegen einen Mann wie Donald.
Aber ich habe einen gefunden. Einen jungen
Mann namens Peter Warner, frisch von der Uni
und heiß auf seinen ersten Fall. Peter hätte ver-

mutlich sogar den Teufel vertreten dafür, dass er
einmal in einen Gerichtssaal durfte. Er setzte also
die Scheidungspapiere auf und schickte sie an
Donald. Und dann … es war ein Donnerstag-
abend. Ich hatte ein kleines Appartement in
Queens bezogen und eine Stelle als Näherin in
einer nahe gelegenen Schneiderei gefunden. Es
klopfte an meiner Tür, und ich dachte, das wäre
Mrs. Cooper von nebenan, die mir Kleider vor-
beibrachte, die ich ihr etwas auslassen sollte. Das
tat sie öfters und ich verdiente mir so ein paar
Dollar zusätzlich. Ich öffnete, und vor der Tür
stand Donald, nicht Mrs. Cooper. Er sah aus wie
eine wandelnde Leiche. Ausgemergelt, eingefal-
len. Er hatte abgenommen und seine Klamotten
waren schmutzig. Er hatte Tränen in den Augen
und die Scheidungspapiere in der Hand, und er
flehte mich an, zu ihm zurückzukommen. Wir
haben uns damals die ganze Nacht unterhalten, er
hat sich entschuldigt und mir erklärt, was damals
passiert war. Warum es so weit kommen konnte,
dass er sich auf dieses Mädchen einließ. Er ver-
sprach mir, es nie wieder zu tun, aber ich war mir
nicht sicher, ob ich ihm vertrauen konnte. Fakt
war, ich liebte Donald. Mehr als alles auf der
Welt. Wenn es einen Mann für mich gab, dann
ihn. Ich hatte nun also die Wahl: Ich konnte mein
Ding durchziehen, mich scheiden lassen und den
Mann, den ich liebte, für immer vergessen. Oder
… ich stellte mich meinen Ängsten. Sicher ver-
sprach Donald mir, dass er mir für immer treu

sein und mich nie mehr betrügen würde. Doch vermutlich hätte er mir in diesem Moment versprochen, dass er jeden Sonntag in einem Blumenkleid zur Kirche ging, hätte ich das von ihm verlangt. Ich wusste, dass ich ihn liebte, und ich wusste, dass ich mit ihm verheiratet sein wollte. Ich wusste, dass Donald sich Mühe geben würde, mir treu zu sein. Aber eine Garantie darauf konnte mir niemand geben. Also traf ich eine Entscheidung für mich. Ich entschied mich für das, von dem ich glaubte, dass es mich am glücklichsten machen würde. Ich entschied mich für meine Ehe. Und ja, sicher hatte ich hin und wieder ein mulmiges Gefühl, wenn Donald auf Geschäftsreisen war. Ich wusste, dass er mir treu war, aber ich denke, wenn man einmal einen so groben Schnitt in seinem Leben macht, dann bleibt etwas davon immer im Hinterkopf hängen. Ich habe nie bereut, mich damals für meine Ehe zu entscheiden und die Scheidung rückgängig zu machen. Ich habe mit Donald achtundvierzig glückliche Ehejahre verbracht. Diesen Ausrutscher von damals haben wir nie wieder erwähnt. Und er hat sich auch nie mehr wiederholt." Agatha hatte Tränen in den Augen, als sie schloss, und Hallie war tief ergriffen.

„Vielen Dank, dass Sie mir das erzählt haben, Agatha", sagte sie. Sie wusste, was Agatha ihr mit ihrer Geschichte vermitteln wollte. Doch sie selbst war noch nicht ganz so weit, ihre Lehren daraus zu ziehen. Ein Teil in ihr wünschte, sie hätte niemals damit aufgehört, Männer nur zu treffen, um eine einzige Nacht mit ihnen zu verbringen.

„Du hast mir dein Geheimnis verraten, ich verrate dir meins", sagte die alte Frau aus gütigen Augen. „Und jetzt gebe ich dir noch einen Rat auf den Weg: Hör in dich hinein. Frage dich selbst, was dich glücklich macht und ob du bereit bist, ein Risiko einzugehen. Sicher kannst du wieder enttäuscht und verletzt werden. Aber du kannst auch wahre Liebe erfahren. Und das ist, denke ich, der größte Lohn für jedes Risiko."

Hallie ließ das Ganze sacken. Sie würde tatsächlich darüber nachdenken müssen. „Danke, Agatha", sagte sie noch einmal.

„Keine Ursache", sagte die alte Dame. Dann nahm sie ihr klobiges Seniorenhandy noch einmal in die Hand. „Und jetzt erklär mir doch mal, wie ich über dieses Ding hier an ein Date komme."

sechzehn

Es war schon dunkel, als Hallie an diesem Mittwoch die Seniorenresidenz verließ. Sie und Agatha hatten noch einen netten Abend miteinander verbracht, und Hallie hatte der alten Dame gezeigt, wie Tinder funktionierte. Agatha wollte sich gleich am nächsten Tag ein eigenes Smartphone besorgen und sehen, ob sie ihr Glück mit einem Match fand.

Hallie spazierte die Straßen entlang und hatte eigentlich vor, die zwei Blocks zu ihrem Haus zu Fuß zu gehen. Agathas Geschichte hatte sie aufgewühlt. Was, wenn sie sich damals anders entschieden hätte? Sie wirkte immer so glücklich, so verliebt, wenn sie von ihrem verstorbenen Mann erzählte. Wäre sie auch ein so liebevoller Mensch geworden, wenn sie ihr Ding damals durchgezogen hätte und sich von Donald hätte scheiden lassen? Ja, Agatha war damals ein Risiko eingegangen und dafür war sie belohnt worden. Aber … würde das auch bei Hallie so sein? Wollte sie denn mit Chris den Rest ihres Lebens verbringen?

***

„Gipsen Sie den Arm ein, Dr. Conelly", sagte Chris zu dem jungen Assistenzarzt, während er auf das Röntgenbild eines jungen Mannes blickte, der sich den Arm beim Footballtraining gebrochen hatte. Es war ein glatter Bruch, und wenn Chris die Arbeit seines Kollegen im Anschluss überprüfte, sollte es kein Problem sein, wenn der Assistenzarzt den Gips anlegte. Es war ein mühseliger Arbeitstag gewesen. Hallie war ihm ständig durch den Kopf gegangen, doch er musste versuchen, sie sich aus dem Kopf zu schlagen. Sie hatte ihm ein für alle Mal zu verstehen gegeben, dass sie keine Zukunft für sie beide sah. Er hatte einen Fehler gemacht. Und jetzt bekam er keine Chance mehr, ihn wieder glattzubügeln. Herrgott noch mal, wenn Hallie doch nicht so ein großer Sturkopf wäre. Er goss sich noch eine Tasse Kaffee ein und trank einen Schluck. Dann sah er auf die Uhr. Eigentlich sollte er in einer Stunde Dienstschluss haben, doch er überlegte, noch einige Überstunden dranzuhängen. Was sollte er auch sonst schon tun, außer sich den Kopf über Dinge zu zermartern, die er ohnehin nicht ändern konnte.

„Dr. Harris, bitte auf E12. Dr. Harris, bitte auf E12", dröhnte es plötzlich durch die Lautsprecher, die an der Decke angebracht waren. E12 war er Empfangsbereich an der Ambulanz. Er hatte keine Ahnung, wer jetzt nach ihm verlangte, vielleicht irgendein Patient, den er einmal behandelt hatte und der sich seinen Namen gemerkt hatte. Es kam ab und an vor, dass Patienten direkt nach den Ärzten fragten, die sie untersucht hatten.

Als Chris in den Bereich von E12 kam, war der Warteraum leer. Eine Reinigungskraft wischte gerade den Boden. Generell war es ein sehr ruhiger Abend gewesen und bis auf den Burschen mit dem gebrochenen Arm war nichts los. Am Empfang saß Myrna, die Empfangsdame, von der Chris manchmal glaubte, sie müsse hier schon gesessen haben, als das Krankenhaus 1912 eröffnet worden war.

„Myrna, Sie haben mich ausrufen lassen?", fragte Chris. Myrna, die sonst eigentlich nie lächelte und immer schon ein Paradebeispiel für die Bezeichnung „verhärmt" war, zeigte ihm nun eine Reihe gelblicher Zähne und blickte über seine rechte Schulter. Chris drehte sich um und traute seinen Augen nicht. Hallie stand da. Fast verschüchtert, die Arme vor ihrer Brust verschränkt.

„Hallie?", sagte er und trat einen Schritt auf sie zu. „Ist alles mit dir in Ordnung? Bist du verletzt? Kann ich dir irgendwie helfen?" Nachdem sie im Krankenhaus aufgetaucht war, ging er natürlich zunächst davon aus, dass ihr etwas fehlte. Jetzt bemerkte er, dass sie Tränen in den Augen hatte.

„Du kannst mir tatsächlich helfen", sagte sie. Es fiel ihr schwer, nicht sofort in Tränen auszubrechen. All die Emotionen, die sie all die Jahre über hinuntergeschluckt hatte, kamen jetzt in ihr hoch. Sie liebte Chris. Das wusste sie. Und wenn er ihr keine zweite Chance geben wollte, dann würde sie auf ewig allein bleiben.

„Chris ... es tut mir so leid, dass ich dich so vor den Kopf gestoßen habe. Dass ich dich damals verarscht habe und deine Entschuldigung von Sonntag nicht annehmen konnte. Ich ... kann gut verstehen, wenn du nichts mehr mit mir zu tun haben möchtest, aber ... ich liebe dich. Und du bist der einzige Mann auf dieser ganzen Welt, den ich jemals wirklich geliebt habe. Wenn ... da drin in dir also irgendwo ein Fünkchen ist, das mich auch ein bisschen gernhat, dann ... möchte ich mich aufrichtig für mein blödes Verhalten entschuldigen."

Chris sah Hallie ungläubig an. „Hallie, DU musst dich nicht entschuldigen. Ich muss mich entschuldigen dafür, dass ich dich damals so verletzt habe. Ich hätte das mit dir persönlich klären müssen, anstatt es einfach hinzunehmen und mich wieder auf Kara einzulassen. Ich war ein Idiot. Nicht du."

Hallie sah Chris an. Eine unsagbar schwere Last fiel von ihr ab. „Einigen wir uns darauf, dass wir beide Idioten sind, okay?"

Er zog sie in seine Arme und küsste sie. Und ihr war klar, dass dieses böse Mädchen soeben ihre große Liebe gefunden hatte.

EPILOG

„Als ich Chris vor mittlerweile fast zwei Jahren auf Tinder gematcht habe, war das Letzte, woran ich wohl gedacht hatte, dass ich eines Tages vor dem Traualtar mit ihm lande", sagte Hallie durch das Mikrofon, das vor ihr stand. In ihrem wunderschönen Prinzessinnenbrautkleid stand sie an Chris' Seite, der einen dunkelgrauen Frack trug, ganz vorn auf der Bühne des Plaza Hotels in New York, wo sie mit fast dreihundert Gästen ihre Hochzeit gefeiert hatten. „Eigentlich", so setzte Hallie mit einem Augenzwinkern hinzu, „war der Plan nicht, ihn für den Rest meines Lebens an der Backe zu haben." Die Gäste lachten und applaudierten.

„Aber weil es oft anders kommt, als man denkt", ergriff Chris nun das Wort, „freuen wir uns ganz besonders, diesen wunderschönen Tag heute mit euch allen feiern zu dürfen. Gemeinsam mit meiner wunderschönen Braut möchte ich jetzt die Tanzfläche eröffnen und euch bitten, euch uns anzuschließen." Wieder applaudierten die Gäste und im Hintergrund ertönte der Song „My Girl" von den Temptations.

Rebecca Sterling schlich sich aus dem Ballsaal. Dieses Geschleime war eindeutig zu viel für einen einzigen Abend. Sie schmunzelte kurz. Natürlich vergönnte sie es ihrer besten Freundin, endlich ihre große Liebe gefunden – und geheiratet zu haben. Zweifellos würde sie die Wohngemeinschaft, die die beiden in den letzten Jahren aufgebaut hatten, unheimlich vermissen. Aber Chris war einer von den Guten. Mit all den Mistkerlen, die sich sonst so in der großen weiten Welt herumtrieben, überhaupt nicht zu vergleichen. Auf ihrem Weg nach draußen kam sie an dem Tisch vorbei, an dem Agatha Jones gemeinsam mit den Familien von Chris und Hallie untergebracht war. Die alte Dame hatte den Blick auf ein Smartphone gerichtet und wischte wie verrückt nach links und rechts. Seit Hallie ihr damals Tinder erklärt hatte, war sie dem Wischwahn absolut verfallen.

„Rebecca, guck doch mal, mich hat gerade ein junger Kerl von siebenundsechzig gematcht", rief Agatha erfreut, als sie Becky erblickte.
„Gut gemacht, Agatha. Dann krallen Sie sich das Frischfleisch mal." Sie reckte den linken Daumen in die Höhe und Agatha tat es ihr gleich.

Becky ging hinaus an die Bar, die für alle Hotelgäste zugänglich war. Von der Hochzeitsgesellschaft hatte sie heute eindeutig genug, da konnten noch nicht einmal die Arztkollegen aus Chris' Krankenhaus etwas daran ändern. Sie ließ sich auf einen Hocker fallen und bestellte eine Margarita beim Barkeeper. Sie war versucht, ihr Smartphone aus ihrer Clutch zu holen und etwas zu tindern, doch das wollte sie zunächst lieber bleiben lassen. Bei Hallie sah man ja, wozu so eine Tinderbekanntschaft am Ende führen konnte.

Im Eingangsbereich des Hotels ging ein attraktiver, großer, dunkelhaariger Mann auf die Rezeption zu. Er nahm die Blicke der Frauen wahr, die an ihm hafteten und ihn verfolgten. Für ihn waren sie etwas, womit er sich längst abgefunden hatte. Hunter Kennedy war gerade vierzig geworden und hatte nichts von seiner Attraktivität eingebüßt, seit er die wilden Dreißiger hinter sich gelassen hatte. Ganz im Gegenteil, seit er die Vier vorn anstehen hatte, flogen die Frauen noch viel eher auf ihn. Wenn es seine Zeit erlaubte, würde er die eine oder andere New Yorkerin glücklich machen, das nahm er sich vor, als er zielsicher auf die Rezeption zuschritt. Die rothaarige Dame, die bestimmt längst in ihren Fünfzigern war, hielt kurz den Atem an, als Hunter vor ihr haltmachte. Üblicherweise war das Personal von derartigen Luxushotels wie dem Plaza dazu angehalten, in sämtlichen Emotionen Gästen gegenüber neutral zu bleiben, doch bei Hunter Kennedy schaffte die Rezeptionistin es kaum. Ihre Mundwinkel zuckten, und sie lief rot an, als Hunter ihr ein Lächeln schenkte.

„Hunter Kennedy, ich habe die Präsidenten-suite. Gibt es Post für mich?"

Die Rezeptionistin kicherte kurz. Sie hörte sich an wie ein uraltes, verknalltes Schulmäd-chen. „Nein, Mr. Kennedy, keine Post."

„Danke." Hunter zwinkerte ihr noch einmal zu, dann ging er nach links ab. Er wollte eigentlich zu den Aufzügen, um so schnell wie möglich in seine Suite zu gelangen. Wer wusste schon, was Tinder für ihn bereithielt. Mit viel Glück – und Glück hatte Hunter Kennedy eigentlich immer – würde er heute noch mindestens ein heißes Mäd-chen auf seiner Suite empfangen. Sein Blick glitt hinüber zur Bar, die bis auf einen Stuhl unbesetzt war. Auf dem Stuhl saß eine schlanke, dunkelhaa-rige Frau, deren langes Haar in sanften Wellen über ihre Schultern bis zur Mitte ihres Rückens hinabfiel. Sie trug ein Abendkleid. Bestimmt ge-hörte sie zu der Hochzeitsgesellschaft, die neben-an feierte. Hunter wünschte dem armen Tropf, der mit den kleinsten Handschellen der Welt festge-nagelt worden war, in Gedanken herzliches Bei-leid. Wie verrückt man doch sein musste, um sich auf eine Ehe einzulassen. Ihm selbst war eine dauerhafte Beziehung zu viel. Außerdem – wer kaufte schon die Kuh, wenn er die Milch ohnehin umsonst haben konnte? Er warf der Dunkelhaari-gen an der Bar noch einen Blick zu. Sie war heiß. Und sie war allein. Vielleicht musste er heute Abend Tinder gar nicht mehr bemühen, um sich ein paar nette Stunden zu machen. Vorausgesetzt, die Frau da am Tresen sah von vorn genauso interessant aus, wie sie es von hinten tat.

Hunter streckte seine Schultern, richtete sich auf und ging selbstbewusst und energiegeladen auf die Bar zu. Würde die Frau von vorn aussehen wie ein Lastwagen, würde er einen Drink nehmen und sich dann auf seine Suite verziehen. Wenn nicht … würde er alle Register ziehen. Er nahm auf dem Hocker neben Becky Platz, bestellte einen Macellan Vintage und sah seiner Sitznachbarin dann ins Gesicht. Ein selbstbewusstes Lächeln setzte sich auf seinen Lippen fest. Tinder würde er heute Abend nicht mehr nötig haben.
„Hallo", sagte er.
„Hey." Becky sah kurz auf und erstarrte ebenfalls fast. Dieser Mann hier neben ihr … sah aus wie ein fleischgewordener griechischer Gott. Doch sie ließ sich nichts anmerken. Sie hatte es drauf, Kerle auf sich aufmerksam zu machen, ohne auch nur ein Wort zu sagen. Bei diesem spannenden Exemplar, das ihr irgendwie bekannt vorkam, würde es nicht anders sein. Während sie ihren Sitznachbarn möglichst nicht ansah, überlegte sie, woher sie diesen Typen kennen konnte. So gut, wie er aussah, konnte es sich bei ihm eigentlich nur um einen Prominenten handeln, oder? War er Model? Schauspieler? Musiker? Sie kam nicht dahinter, war sich aber sicher, dass sie diesen Mann schon einmal irgendwo gesehen hatte. War er da drin bei der Hochzeit gewesen?

Am Ende ein Kollege von Chris? Nein. Daran hätte sie sich erinnert. Einer wie er wäre ihr definitiv aufgefallen. Dieser Mann hier war der absolute Hammer. Wenn sie sich doch nur erinnert hätte, woher sie ihn kannte. Aber es waren so viele Männer gewesen in den letzten Jahren. Noch einmal blickte sie den Mann an genau in dem Moment, als auch er ihr seinen Blick zuwandte. Dann traf es sie wie ein Blitz. Dieser Mann hier war Hunter, 39, ihr Tinderdate, das sie damals so fies versetzt hatte. Ein breites Grinsen setzte sich auf Beckys Lächeln ab. Offenbar gab es einen Gott. Und dieser Gott musste sie von Herzen lieben.

„Gehören Sie auch zu der Hochzeitsgesellschaft?", begann sie das Gespräch. Die Sache zwischen ihnen beiden war lange her und Hunter hatte sie offenbar nicht erkannt. Kein Wunder, einer wie er konnte in Sachen Tinder aus dem Vollen schöpfen.

„Oh, nein. Ich bin geschäftlich in der Stadt", sagte er und schenkte ihr ein offenes Lächeln.

„Was machen Sie beruflich?"

„Ich bin Inhaber eines relativ großen Industrieunternehmens", sagte er, nicht ohne Stolz in seiner Stimme.

„Klingt spannend." Das alles kannte Becky schon. Genauso hatte er auch mit Aussagen um sich geworfen, als sie über Tinder geschrieben und telefoniert hatten.

„Ist es auch. Und unglaublich anstrengend."

„Kann ich mir vorstellen."

„Darf ich Sie auf etwas zu trinken einladen, Miss …"

„Jessica. Jessica Day." Becky hatte sich seit einiger Zeit angewöhnt, als Decknamen den Rollennamen von Zooey Deschanel zu verwenden. Sie konnte die leicht chaotische Jess aus „New Girl" ziemlich gut leiden. Außerdem hatte sie eine gewisse optische Ähnlichkeit mit ihr. Und sie hatte Hunter am Haken, so wie es aussah. „Und ja, Sie dürfen mich gerne auf etwas zu trinken einladen."

„Freut mich. Ich kann so nette Gesellschaft nach einem anstrengenden Tag voller Meetings wirklich gut gebrauchen. Mein Name ist übrigens Andrew. Andrew Lincoln."

„Freut mich, Andrew."

Becky blickte in Hunters Augen. Andrew Lincoln. Der Hauptdarsteller von „The Walking Dead". Offenbar spielte Hunter dasselbe Spiel wie Becky. Jetzt galt es nur, herauszufinden, wer der bessere Spieler war.

LESEPROBE

Bereits im März erscheint der Folgeband zu „Bad Girls don't love", der sich um Becky und Hunter dreht. Auf den nächsten Seiten könnt ihr bereits die ersten Kapitel aus dem Buch lesen:

PROLOG

"Hey Baby, ich bin völlig fertig und erst jetzt auf mein Zimmer gekommen. Die Hochzeit war großartig, aber als Brautjungfer war ich bis jetzt eingespannt. Ich hoffe, du träumst süss. Ich denke an dich."

***

„Sorry, ich bin über meinen Büchern eingepennt und erst jetzt aufgewacht. Schade, dass es schon so spät ist, ich hätte gerne noch deine Stimme gehört. Ich werd jetzt ins Bett übersiedeln und von dir träumen. Wir hören uns dann morgen, ja?"

***

„Hey mein Schatz. Sorry, dass ich mich erst jetzt melde, aber die Hochzeit hat mich ziemlich geschlaucht. Ist dir eigentlich klar, dass ich heute in einer Woche direkt an deiner Seite einschlafe? Ich hab dich lieb."

***

Rebecca Sterling legte ihr Handy zur Seite, nachdem sie jenen Tinderbekanntschaften, die sie im Augenblick gerade bei der Stange hielt, geantwortet hatte. Es waren nur drei, mit denen sie etwas intensiveren Kontakt hatte, doch diese drei waren für den Moment genug. Sie bemerkte, dass es langsam etwas anstrengend wurde, immer wieder aufs Neue Männer kennenzulernen, ihnen für kurze Zeit Interesse und Verliebtheit vorzumachen und sie nach dem ersten Date – und der ersten Nacht – abzuservieren. Dann warf sie einen Blick auf den Mann, der vor ihr in dem großen Kingsize-Bett lag und schlief, wie ein Baby. Ein zufriedenes Lächeln setzte sich auf Rebeccas Lippen. Sie hatte Hunter, 39, nun doch endlich flachgelegt. Und nicht nur das: er hatte die ganze Zeit über nicht geahnt, wer sie wirklich war. Sie schmunzelte. Am Ende hatte sie nun doch triumphiert. Die letzten zwei Jahre über hatte Hunter, 39, sie auf Tinder an der Nase herumgeführt. Er hatte sie gematcht und wieder gelöscht, neuerlich gematcht, einige Nachrichten mit ihr ausgetauscht und sie wieder gelöscht. Einmal hatten sie sich sogar in Philadelphia in einem Hotel verabredet und Hunter hatte Becky volle Breitseite versetzt. Vor etwa einem Jahr, nachdem er sie so derart hatte auflaufen lassen, hatte Rebecca ihn eigenhändig aus ihrer Tinderapp gelöscht und ihn zusätzlich blockiert. Sie hatte die Wegwerfnummer, mit der sie üblicherweise mit Tinderdates kommunizierte, gelöscht und hatte Hunter, 39 so ganz offiziell aus ihrem Leben verbannt. Alle Fotos, die er ihr geschickt hatte, hatte sie unwiderbringlich ins Handynirvana ausgesperrt. Es hatte sie wirklich Überwindung gekostet, diesen gutaussehenden, heißen Kerl endgültig abzuservieren, der so eine unglaublich anziehende Wirkung auf sie ausübte, wie es zuvor noch kein Mann getan hatte. Doch sie hatte nicht vorgehabt, sich noch länger an der Nase herumführen zu lassen. Er hatte sein Spiel ohnehin schon viel zu lange mit ihr getrieben, und wenn überhaupt jemand mit jemand anderem spielte, dann war es Rebecca selbst. Alles in allem war es schade, dass sie auch Hunter wieder aus ihrem Leben streichen würde. Er war schon ein ganz besonderer Typ Mann. Aber so lief das nun mal. Rebecca verbrachte eine Nacht mit den Kerlen. Dann verschwand sie aus ihren Leben. Ohne auch nur eine Spur von sich zu hinterlassen. Keine Namen, keine richtigen Telefonnummern, kein zweites Date. So lief das. Keiner der Männer, die Rebecca kennenlernte, kannte ihren richtigen Namen. Keiner von ihnen wusste wirklich, wer sie war. Mit der Zeit hatte sie sich ein ganzes Sammelsurium an Lebensläufen, falschen Namen und Jobs zurechtgelegt, auf die jederzeit – und je nach passendem Kerl – zurückgreifen konnte. Es gab keine eMailadressen, keine Instagram-Namen („Ich habe beruflich mit diesem ganzen Socialmedia-Kram zu tun und bin froh, wenn ich ihn in meiner Freizeit nicht nutzen muss") und erst recht keine Telefonnummern.

Wenn Becky tatsächlich so weit ging, mit ihren Dates zu whatsappen oder zu telefonieren, dann tat sie das immer mit Wegwerfnummern, die sie löschte, sobald das Date mit dem jeweiligen Mann vorbei war.

An festen Beziehungen war Rebecca nicht interessiert. Nicht, seitdem sie mehrfach richtig heftig in Sachen Männern auf die Nase gefallen war. Becky, die heute all das war, was ein Mann sich von seiner Traumfrau erwartete, war als Jugendliche ziemlich mopsig und somit sehr schüchtern gewesen und hatte sich so zum Spätzünder entwickelt, was Männerbekanntschaften betraf. Auf der High School hatte sie kein einziges Date und auf dem College verabredete sie sich einmal mit einem Kerl, der um einen Kasten Bier gewettet hatte, „die Fette aus dem Wohnheim" vögeln zu können. Rebecca hatte sich damals auf die Avancen von Kyle – so hatte der Kerl damals geheißen – eingelassen. Der hatte sie dreimal ausgeführt, sie ins Kino und zum Essen eingeladen und ihr gesagt, wie wunderschön sie sei, und dass es ihn überhaupt nicht störte, dass sie „ein, zwei Kilo zu viel" hatte. In der Nacht, in der sie zu ersten Mal in ihrem Leben Sex hatte, hatte sie geglaubt, Kyle wäre der Richtige und es habe sich gelohnt, auf ihn zu warten. Er war anders als die anderen. Er machte sich nicht über ihr Übergewicht lustig und liebte sie, so wie sie war. Er stand zu ihr und sah den Menschen hinter ihrer

Fassade. Nachdem er sie entjungfert hatte, hatte sie für zwanzig Minuten in seinem Arm gelegen und dem Rauch zugesehen, den er auspustete. Sie wusste nicht, ob das, was sie in jenem Moment erlebte, romantisch war. Ob es bei all den hübschen Mädchen auch so lief, dass jemand sich auf sie rollte, auf ihr herumrutschte, sich von ihr herunterrollte und sich eine Zigarette ansteckte. Aber in diesem Moment war ihr das egal. Sie hatte Sex gehabt. Sie war nicht länger eine langweilige, alte Jungfer. Sie war zur Frau geworden. Und wer wusste schon, was die Zukunft für sie und Kyle bereithielt. Rebecca hatte sich in jener Nacht gut vorstellen können, Kyle eines Tages zu heiraten. Kinde rmit ihm zu haben und in einem kleinen Haus in der Vorstadt zu leben.

Als Rebecca am nächsten Tag aufwachte, war Kyle verschwunden. Ein mulmiges Gefühl legte sich über sie, doch zunächst sagte sie sich noch, dass er bestimmt in aller Frühe eine Vorlesung gehabt hatte, und sie deswegen nicht wecken wollte. Er hatte so nette Dinge zu ihr gesagt. Er war so lieb zu ihr gewesen. Als sie im Wohnzimmer einen Film angesehen hatten und ihr kalt war, hatte er ihr eine Decke gebracht, sie zu sich in den Arm gezogen und sie gewärmt. Nein. Kyle war kein Arschloch. Kyle war einer von den Guten. Dass sie sich – was Kyle betraf – getäuscht hatte, wurde ihr schmerzlich bewusst, als sie eine Stunde später aus ihrem Zimmer kam und sich auf den Weg in den Hörsaal machen wollte. Zunächst bemerkte sie nur, dass manche Studenten Oink-Geräusche machten, sobald sie an ihr vorübergingen, doch davon nahm sie keine Notiz. Es gab viele Insiderwitze und Running Gags auf dem Campus, von denen Studenten wie Becky nichts mitbekamen. Einmal hatte ein betrunkener Kerl nach einer Party im Wohnheim seine Klamotten „verloren" und für eine Weile hatten die Studenten sich nur so gegenseitig begrüßt, indem sie ihre Shirts in die Höhe rissen oder ihre Mäntel und Jacken – wie ein Exhibitionist - aufrissen. Es hatte Tage gedauert, bis die Lösung dieses Rätsels zu Rebecca durchgedrungen war, und sie selbst hatte nie jemanden anderen auf diese Weise begrüßt. Sie war jemand, den man übersah, und der noch nicht einmal am Rande wahrgenommen wurde. Jemand, von dem man sich fragte, ob diese Person wirklich mit einem in die Klasse gegangen war, wenn man sein Jahrbuch vom Abschlussjahrgang anschaute. Bis zu diesem Morgen. Als sie hinunter in den Eingangsbereich ihres Wohnheimes kam, waren überall Bilder von ihr aufgehängt worden. Wie sie – nur in ihrer Überdimensionalen Unterhose und ohne BH, dafür mit Hängebrüsten, mit Kyle herummachte. „Ich habs mit Miss Piggy getrieben", stand in großen, pinkfarbenen Lettern auf den Bildern, die wohl hundertfach aus dem Fotokopierer gekommen waren. Daneben war ein krakeliges rosa Schwein gemalt worden, darunter stand – etwas kleiner: „Und sie ist wirklich ein Schweinchen". Zwei Mädchen gingen an Becky vorbei, als die gerade die Eingangshalle betrat und die Bilder sah. Eine von ihnen begann zu kichern, die andere machten Quiek-Geräusche. Draußen auf dem Campus hatte sich die Nachricht, dass Kyle Jennings Rebecca Sterling gevögelt hatte, wie ein Lauffeuer verbreitet. Becky konnte kaum einen Schritt tun, ohne von irgendjemandem angeoinkt zu werden.

„Wenn du hundert Pfund abnehmen würdest, würd ichs auch mit dir treiben", rief ihr einer zu als sie das Juragebäude auf dem Campus betrat. Selbst während der Vorlesung kam sie nicht zur Ruhe. Die Bilder hatten inzwischen die Runde gemacht, wurden auf Handys herumgezeigt und in Papierform zwischen den Sitzreihen hin und hergereicht. Das Ende vom Lied war, dass Rebecca die Uni wechselte und von der Columbia an die Boston State ging.

Kyle Jennings war für sehr lange Zeit Rebeccas erste und einzige sexuelle Erfahrung gewesen. Die Narben, die er bei ihr hinterlassen hatte, hatten sich zu sehr in ihre Seele eingebrannt, als dass sie sich darauf wieder auf einen Mann eingelassen hätte. Sie hatte zwar hin und wieder Dates, doch mehr, als ein, zweimal ausgehen war nicht drin. Zu groß war ihre Angst, dass sie wieder aufwachte und jemand Fotos von ihr veröffentlicht hatte. Ihr war zwar bewusst, dass das den anderen Kerlen gegenüber nicht unbedingt fair war, doch sie würde niemals vergessen, wie es sich angefühlt hatte, als ihre Kommilitonen ihr engegengeoinkt und sich über sie lustig gemacht hatten. Und dann … lernte sie Jon kennen. Eher zufällig, als beabsichtigt und als die beiden sich zum ersten Mal begegneten, dachte Becky im Leben nicht, dass sie einmal eine Beziehung mit ihm führen würde. Jon drei Jahre älter als sie, Sportler und er arbeitete neben seinem Studium als Verkäufer in einem Footlocker-Store. Sie waren Nachbarn in dem Wohnhaus, in dem sie beide ihr erstes, eigenes Appartement hatten und verstanden sich zunächst nur platonisch. Sie aßen zusammen, gingen ins Kino, lachten und hatten so viel Spaß, dass Becky oft Bauchschmerzen bekam, wenn sie und Jon herumalberten. Sie waren so ziemlich auf derselben Wellenlänge, hatten denselben, schrägen Humor und verstanden sich auch ohne Worte. Jon machte irgendwie wieder heil, was Kyle zerstört hatte und Becky schaffte es, ihre Bedenken, Männern gegenüber zu überwinden und ihm zu vertrauen. Und irgendwann wurde ein Paar aus den beiden. Jon war humorvoll nett und charmant, auch wenn er hin und wieder eine Seite zeigte, die Becky gegenüber nicht fair war. Hatte er einen schlechten Tag, mäkelte er an ihrem Gewicht herum und machte sich über sie lustig. War oft nicht fair zu ihr und ließ seine Wut an ihr aus. Und jedes Mal fand Rebecca eine neue Ausrede, warum es schon

okay war, dass Jon tat, was er tat. Er war eben so.
Und er hatte bestimmt einen stressigen Tag im
Laden gehabt. Er war Sportler und hatte eben eine
andere Sicht auf die Dinge, als sie. Eigentlich
hatte sie schon großes Glück, einen Mann wie ihn
an ihrer Seite zu haben.

Eines Tages als Becky früher aus dem Büro
kam, erwischte sie Jon inflagranti mit der Nachbarin, die gegenüber wohnte. Und erfuhr im
Nachhinein, dass er sie die ganzen letzten Jahre
über mit allem betrogen hatte, was einen Rock
angehabt hatte. Die Trennung damals war ziemlich hässlich gewesen und Jon hatte ihr zu allem
Überfluss auch noch vorgeworfen, dass es ihre
eigene Schuld war, dass er sich anderweitig um-
sehen musste. Immerhin hatte sie nie getan, was
er von ihr erwartete: nämlich, dass sie aufhörte,
sich zu rasieren, sowie in nuttigen Stilettos und
Strumpfhosen – und sonst nichts – durch die
Wohnung lief. Er setzte es sich in den Kopf, darauf, dass seine Partnerin in diesem Outfit täglich
herumlief. Sobald sie aus dem Büro kam, sollte
sie sich umziehen und so durch das Appartement
stöckeln. Natürlich waren diese „Anforderungen"
für Becky, die oft zwölf-Stunden-Tage hinter sich
hatte und mit einer fiesen Migräne kämpfte, ein
No-Go. Du natürlich hätte sie sich vorstellen
können, ihm diesen Gefallen hin und wieder zu
tun. Aber … Jon verlangte das täglich und nach
einem langen Tag im Büro hatte sie einfach keine

Lust, ihm die Nutte zu machen. Außerdem wollte sie nicht, dass der Mann an ihrer Seite sie als Bordsteinschwalbe sah. Sie wollte, dass ihr Partner sie als das betrachtete, was sie war, eine integere, toughe, humorvolle Frau. Aber nicht, dass er sie für eine billige Schlampe hielt.

Als sie sich von Jon getrennt hatte, begann sie, ihr Leben umzukrempeln. Zweimal hatte ein Mann sie jetzt verarscht und hintergangen und beide Male hatten Äußerlichkeiten dabei eine große Rolle gespielt. Nie wieder würde ihr das passieren. Sie begann, Sport zu treiben und abzunehmen. Und sie begann, ihre Einstellung Männern gegenüber zu ändern. Dieser ganze Mist, von wegen großer Liebe, und der ewigen Glückseligkeit mit dem richtigen Kerl, das war doch alles Mumpitz. Die Realität da draußen sah doch ganz anders aus. Und wer sagte eigentlich, dass nur Männer das Recht hatten, Frauen auszunutzen, ihnen die Sterne vom Himmel zu holen und sie fallen zu lassen, wie eine heiße Kartoffel, wenn sie hatten, was sie wollten? Was, wenn Rebecca den Spieß umdrehte? Und ab sofort kein braves Mädchen mehr war, sondern ein Böses?

Becky seufzte, als sie Hunter, der sich ihr als „Andrew Lincoln" vorgestellt hatte, noch einmal ansah. Sie schmunzelte. Auch er hatte den Namen eines Seriendarstellers genutzt, genau wie sie. Sie hatte sich als Jessica Day vorgestellt. Den Rollennamen von Zooey Deschanel aus „New Girl" mochte sie. Sie fand, sie hatte mit Jessica Day ziemlich viel gemeinsam. Vom Typ her, als auch charakterlich. Dass Hunter sich für Andrew Lincoln, den Hauptdarsteller aus „The Walking Dead" entschieden hatte, fand sie seltsam. Ob er damit wohl ein Gespräch vom Zaun brechen wollte? Auf jeden Fall schien er dasselbe Spiel zu spielen, wie sie, und das machte ihn interessant. Es war wirklich jammerschade, dass sie beide nicht – so wie Paare überall auf der Welt weitermachen konnten. Einfach noch ein Date haben, nett Essen gehen und sehen, wohin das ganze führte. Sie schüttelte kurz den Kopf, dann erhob sie sich leise aus dem Sessel, in dem sie gesessen hatte, während sie ihren anderen Eisen im Feuer geschrieben hatte. Während sie darüber nachgedacht hatte, welche Umstände sie hatten werden lassen, was sie war, und während sie Hunter noch einmal ansah. Zu gerne hätte sie sein Gesicht gesehen, wenn er aufwachte und sie nicht mehr da war. Bestimmt hatte er längst einen Plan, warum er sie sofort und gleich aus seiner Suite entfernen musste. Männer wie er hatten doch immer seinen solchen Plan. Ein Geschäftstermin zum Beispiel oder eine Reise. Vermutlich holte in sein „Fahrer" gleich ab. Oder es gab ein Meeting in der Suite, und sie musste sie deshalb sofort verlassen. Der Klassiker war „ich hab vergessen, dir zu sagen, dass ich verheiratet bin und meine Frau taucht gleich hier auf" – welche Gespielin für eine Nacht wollte schon der Ehefrau ihres One Night Stands begegnen. Leicht bekleidet und die Haare noch zerzaust vom heftigen Sex? Becky kannte jede einzelne dieser Ausreden, hatte sie die eine oder andere doch schon ziemlich oft selbst genutzt. Ob er sich darüber ärgerte, dass er diesmal nicht zum Zug gekommen war, sondern selbst – mehr oder weniger – abserviert worden war? Oder ob er sich darüber freute, dass er sich nicht mit einer zickigen Tussi herumärgern musste, die so gar nicht verstand, warum der Mann ihrer Träume sie nach einer einzigen heißen Nacht nicht mehr sehen wollte? Sie schmunzelte. Sie und Hunter hätten in einer anderen Welt bestimmt ein ziemlich perfektes Paar abgegeben.

Sie warf ihm noch einen letzten, fast sehnsuchtsvollen Blick zu, diesem wunderschönen, schlafenden Mann, ehe sie die Tür langsam aufdrückte, aus der Suite schlüpfte und aus dem Leben von Hunter, 39, verschwand.

1

„Wangs Waschsalon. Wil blingen ihle Wäsche wiedel zum Stlahlen. Guten Molgen, was
kann ich für Sie tun?"

Hunter sah sein Telefon verwirrt hat. Hatte er
die richtige Nummer erwischt? Er prüfte die Zif-
fern, die er auf dem Blatt Papier notiert hatte und
jene, die auf dem Display seines iPhone angezeigt
wurden. Sie stimmten überein. Vielleicht arbeitete die Kleine dort. Obwohl sie, so tough und clever, wie sie herübergekommen war, nicht wirklich gewirkt hatte, als würde sie in einem Waschsalon arbeiten. Was hatte sie gleich wieder erzählt, dass sie beruflich machte? Er hatte es vergessen und zunächst war es ihm auch egal gewesen. Bei all den Frauen, die er mit den Jahren
gedatet hatte, hörte er schnell einmal über Dinge
hinweg, die nicht so sehr von Belang waren. Und
wie wichtig konnte der Job einer Frau schon sein,
mit der er eine heiße Nummer schob, und die er
dann wieder aus seine Leben entfernte? Sie hatte
ihm doch die richtige Nummer gegeben, oder?
Natürlich. Niemand würde einen Hunter Kennedy
abblitzen lassen oder ihm die falsche Nummer
geben. Ihm nicht. Und die Kleine konnte sich

auch glücklich schätzen, dass er sie zurückrief. Das hatte er eigentlich noch nie gemacht, aber dass sie einfach so ohne ein Wort abhaute, konnte er nicht auf sich sitzen lassen. Das kränkte seinen Stolz. Er war immerhin ein Mann, der sie alle haben konnte. Er würde sie zu einem zweiten Date einladen und dann derjenige sein, der sie absägte. Niemand sägte Hunter Kennedy zuerst ab. Niemand.

„Hallo, mein Name ist Hun … Andrew Lincoln. Ist Jessica Day zu sprechen?"

"Andlew Lincoln? Walking Dead?" Die Stimme am anderen Ende klang plötzlich sehr aufgeregt. „Oh, ich finde Sie gut in Walking Dead. Wil haben eine Sondellabattaktion fül Schauspielel, Mistel Lincoln", sagte der Mann, „wenn kommen und untelschleiben auf Foto, dann wil leinigen alle ihle Wäsche um minus zwanzig Plozent! Lebenslang!"

„Ich … es ist nur eine Namensgleichheit", sagte Hunter und grinste, „ich würde bitte gerne eine ihrer Mitarbeiterinnen sprechen. Ihr Name ist Jessica Day."

Der Ton des Mannes am anderen Ende der Leitung, der bis eben noch so höflich, nett und aufgeregt gewesen war, schlug plötzlich um. „Es gibt keine Jessica Day hiel. Auch keine Lachel Gleen, keine Pipel Halliwell und keine Gablielle Solis. Ich lufe Polizei, wenn sie nochmal anlufen. Und sagen sie ihlel Fleundin, sie nicht immel geben diese Nummel an Männel."

Hunter legte auf, während der Mann am anderen Ende der Leitung immer noch wie ein Rohrspatz herumschimpfte und besah sich sein Handy fragend. War es möglich, dass die Kleine von gestern mit ihm genau die Show abgezogen hatte, die er für gewöhnlich immer mit Frauen abzog?

***

„Becky, verarschst du mich gerade?" Hallie sah von ihrem Frühstücksbagel und konnte es nicht glauben.

„Ich verarsche dich absolut nicht, er war es", sagte Becky und sah höchstzufrieden drein. Die beiden Frauen hatten sich zum Frühstück verabredet, bevor Becky ins Büro musste und Hallie ihre Flitterwochen mit Chris auf den Malediven antrat. „Es war Hunter, ganz bestimmt. Er hat sich zwar als Andrew Lincoln vorgestellt, aber es passt zu ihm, dass er ebenfalls mit falschen Namen arbeitet, so wie wir. Ich meine, so wie ich." Seite ihre beste Freundin ihr einstiges Tinderdate Chris geheiratet hatte, war Becky das einzige Bad Girl, das aus ihrer Wohngemeinschaft übrig war.

„Und er hat dich nicht erkannt? Ihr habt doch damals so viele Fotos ausgetauscht. Und telefoniert", fragte Hallie.

„Ich hätte ihn auch nicht erkannt, und wenn er mich damals nicht so hätte auflaufen lassen, wäre ich bestimmt nicht dahintergekommen, wer er ist. Meinst du, ich würde mich an jeden Kerl erinnern, mit dem ich einmal kurz online Kontakt hatte? Aber die Sache damals hat sich so in mein Gehirn eingebrannt, dass er da wohl für immer gespeichert bleibt." Becky nahm einen Schluck Orangensaft. „Ich wünschte, ich hätte damals nicht die ganzen Chatverläufe gelöscht. Da waren wertvolle Infos dabei." Kurz, bevor Hallie und Chris wieder zusammengekommen waren, hatten Becky und sie sämtliche Erinnerungsstücke verbrannt, die sie an die Männer erinnerten, die ihnen übel mitgespielt hatten. Becky hatte damals die ausgedruckten Chatverläufe mit Hunter dem Feuer geopfert.

„Ja. Ich heule den ersten Kinokarten mit Chris und den Fotos aus dem Fotoautomaten auch immer noch hinterher", klagte Hallie.

„Du hast deinen Typen mittlerweile geheiratet" sagte Becky schmunzelnd, „ich denke nicht, dass du Grund hast, zu jammern." Sie lachte.

„Und … hat er gehalten, was du dir damals von ihm versprochen hast?", fragte Hallie. Becky hatte damals immer gemeint, dass Hunter, 39, so etwas wie ein Sexgott sein musste. Nicht nur, dass er ganz bestimmt sehr genau wusste, wie man eine Frau im Bett zu nehmen hatte, er strahlte diese unglaubliche Anziehung aus, die alles um ihn herum in ihren Bann zog. Becky begann zu grinsen. „Kannst du laut sagen. Der Typ ist eine Maschine im Bett. Ich wusste es. Genauso, wie ich die Typen mag. Dominant, selbstbewusst, nehmen sich, was sie wollen, aber du weißt trotzdem, dass da tief in ihnen drin eine liebevolle Seite steckt, die sie nur nicht an die Oberfläche schwappen lassen wollen."

„Klingt nach einem Volltreffer."

„Ja. Kerle wie Hunter gibt's wenige. Und dessen ist er sich auch absolut bewusst." Becky schüttelte den Kopf. „Andrew Lincoln", murmelte sie dann.

„Hallo Ladies, störe ich?" Chris war an den Tisch gekommen, an dem Becky und Hallie saßen. Hallie erhob sich und küsste ihren Mann. Die beiden waren ein hübsches Paar und sie waren die ersten, von denen Becky wirklich glaubte, dass sie sich für immer lieben konnten. Als sie Hallies und Chris' Geschichte damals hautnah mitbekommen hatte, damals, als sie und Hunter locker online Kontakt gehabt hatten, hatte sie für den Hauch eines Augenblicks geglaubt, sie und Hunter konnten ebenfalls eine Chance auf so eine Beziehung haben. Doch dann hatte Hunter sie in Philadelphia versetzt und sie hatte ihn aus ihrem Leben verbannt. Männer wie Hunter waren nicht so, wie Chris. Und Becky war nicht wie Hallie und auch das war gut so.

„Wir müssen dann langsam los, wenn wir unseren Flieger noch erwischen wollen", sagte Chris, nachdem er Becky begrüßt hatte.

„Trifft sich gut, ich muss dann ohnehin auch ins Büro. Das werden drei lange Wochen ohne dich, Hallie."

„Halte mich auf dem Laufenden, was den Büro-
tratsch anbelangt."

„Mach ich." Becky erhob sich, trank ihren Orangensaft aus und bemerkte, dass sie schon ziemlich
spät dran war. Das bedeutete einen Sprint ins Büro.

***

„Scheiße, du bist echt gehuntert worden?"
Wayne McKellan schlug sich auf die Oberschen-
kel und konnte es nicht glauben. „Du? Der absolute Womanizer himself? Ich packe es nicht."

„Mach nicht so eine große Sache daraus. Die
Kleine war bestimmt lesbisch." Hunters Mundwinkel zuckten. Wenn er eines ganz sicher wusste, dann, dass die Kleine NICHT lesbisch war.

„Und hat sich von dir flachlegen lassen? Sicher
doch. Gibs zu. Eine ist dir widerstanden und damit kommst du nicht klar."

Hunter sagte seinem besten Freund nicht, dass er
mitunter eventuell ernsthaftes Interesse daran
gehabt hatte, Jessica wiederzusehen – obwohl sie
in Wahrheit wohl gar nicht so hieß. Sie schien
Humor zu haben, selbstbewusst zu sein und sie
war die erste, die sich – zumindest nach außen
hin – so gar nicht von all dem beeindrucken ließ,
was er ihr auftischte. Die Präsidentensuite, eine

238

Kaviarplatte und Dom Perignon. Sie war so anders gewesen, als alle Frauen, die er bisher gehabt hatte. Viele hatten zunächst so getan, als würden sie sich von ihm und seinem Status nicht beeindrucken lassen, doch bei Becky, so war er sich sicher, war es echt gewesen. Sie hatte integer gewirkt und taff. Aber … vermutlich hätte sie ihn nach ein paar Wochen ohnehin auch gelangweilt. So wie alle anderen Frauen, die ihm bisher begegnet waren.

Gemeinsam mit Wayne betrat er das Bürogebäude, in dem die Kennedy Corporation untergebracht war. Das Unternehmen war seinerzeit von seinem Urgroßvater, Sam Kennedy, einem Ölbaron aufgebaut worden, förderte, und verkaufte Erdöl und hatte seit einiger Zeit einen Deal mit einem großen Anbieter für alternative Energien. Dadurch war die Kennedy Corporation in das digitale Zeitalter eingestiegen und hatte eine Firma gegründet, die nicht nur die eigene IT sicherte, sondern diese Dienste auch für externe Unternehmen anbot. Hausintern wurde diese Abteilung scherzhaft Onlinekindergarten genannt, weil unter anderem auch einige Cybernannys beschäftigt wurden, die den lieben langen Tag über nichts weiter zu tun hatten, als die Webseiten der Kunden – und jene, die deren Mitarbeiter aufsuchten, zu checken und zu prüfen, ob jugendgefährdende Inhalte vorhanden waren. Soweit Hunter wusste, war die Abteilung ziemlich auf zack und im Vorjahr hatte sie einen Ring aus Kinderhändlern hochgehen lassen. Es war definitiv der richtige Schritt gewesen, die Firma um genau jene Geschäftszweige zu erweitern, die jetzt im Kommen waren. Da war Hunter sich sicher gewesen. Erdöl schien ein Ablaufdatum zu haben. Wenn nicht jetzt, dann in einigen Jahren oder Jahrzehnten. Kriminelle Mistkerle, die ihre Dinger online drehten, würde es wohl immer geben.

Jetzt war Hunter zu einem Termin bei seinem Vater Charles unterwegs, der bestimmt alles andere als angenehm werden sollte. Sein alter Herr hatte – verständlicherweise – so seine Probleme mit dem Lebensstil seines Filius. Hunter war zwar einigermaßen in die Geschäfte der Firma eingebunden, doch lange nicht so, wie sein Vater es sich wünschte. Er selbst fand seine Aktivitäten für die Kennedy Corporation völlig ausreichend. Er hatte schließlich nie behauptet, einem Burnout aufsitzen zu wollen und sich zu überarbeiten.

Hunter und Wayne betraten die Eingangshalle des Bürogebäudes und ihm entgingen die Blicke der weiblichen Angestellten nicht, die ihm zufielen. Ein selbstzufriedenes Lächeln setzte sich auf seinen Lippen ab. Er hätte nur mit dem Finger schnippen müssen, und jede hier, egal ob Projektleiterin, Buchhalterin, Sekretärin oder Empfangsdame, haben können. Seinem Vater hatte er hoch und heilig versprechen müssen, niemals etwas mit einer Angestellten anzufangen. Charles Kennedy wollte es tunlichst vermeiden, sich auch noch einem Prozess wegen sexueller Belästigung ausgesetzt zu sehen, nur weil sein Sohnemann die Finger nicht stillhalten konnte. Und in Zeiten wie diesen konnte man ja nie wissen, wie sich eine geschasste Geliebte rächte.

„Bereit?", fragte Wayne, als sie einen der Lifte betraten, die an der rechten Seite der Eingangshalle, einer neben dem anderen, aufgereiht waren."

„Habe ich eine Wahl?" Hunter wünschte, er könnte diesem Termin irgendwie entgehen, doch er sah keine Möglichkeit. Dieser Tag begann echt bescheuert. Erst gab die Kleine von Samstagnacht ihm eine falsche Nummer, dann musste er sich von einem chinesischen Reinigungsbesitzer beschimpfen lassen und schließlich wurde er auch noch zur Audienz bei seinem Vater gebeten, was nichts Gutes verhieß.

Der Lift war fast voll besetzt, als Hunter und Wayne einstiegen. Wayne betätigte die Taste für das oberste Stockwerk und die Türen waren gerade dabei, sich wieder zu schließen, als zarten Frauenfinger dazwischen auftauchten. Die Nägel der Finger waren in hellem rot lackiert und zogen Hunters Blicke sofort auf sich. Die Türen glitten wieder auf und eine attraktive Dunkelhaarige betrat den Lift.

„Morgen Becky, wie war die Hochzeit?" Eine pummelige Rothaarige wandte sich an die Frau.

„Hey Lisa. Die Hochzeit war toll und Hallie war die schönste Braut, die du dir vorstellen kannst", plauderte die Dunkelhaarige aus dem Nähkästchen. „Ihr Kleid war atemberaubend und wir haben bis in die frühen Morgenstunden gefeiert." Hunter stockte der Atem, als er die Frau erkannte. Offenbar war heute doch nicht so ein mieser Tag, wie er zunächst geglaubt hatte. Ein zufriedenes Lächeln zeichnete sich auf seinen Lippen ab. Sein One Night Stand vom Samstag hatte den Lift soeben betreten. Und zu allem Überfluss stand sie auch noch auf der Gehaltsliste seines Vaters.

1

Rebecca hatte nicht bemerkt, dass sie im selben Lift wie Hunter gewesen war. Stattdessen hatte sie sich mit Lisa Snyder aus dem Controlling über Hallies Hochzeit unterhalten. Lisa hatte an der Feier leider nicht teilnehmen können, weil ihre Tochter sich erkältet hatte. Üblicherweise beachtete sie die anderen Leute im Lift auf nicht. Gerade zu den Morgenstunden waren die Aufzüge stets voll belegt. Es würde einer Tortur gleichkommen, würde Becky jeden einzelnen Fahrgast ansehen und abscannen. So war ihr der große, gutaussehende Kerl, der ihr vor nicht einmal zwei Tagen eine der heißesten Nächte ihres Lebens beschert hatte, einfach entgangen.

Sie marschierte in ihr Büro und fuhr das ihren Rechner hoch. Üblicherweise teilte sie sich den Raum mit Hallie, doch die war jetzt wohl bereits auf dem Weg zum Flughafen und würde in Kürze in Richtung Malediven abheben. Es würde ganz schön langweilig werden, ohne Hallie gegenüber sitzen zu haben. Doch in drei Wochen war sie ja wieder zurück. Rebecca und Hallie leiteten gemeinsam die Abteilung für Kindersicherheit im

Netz bei der Kennedy Corporation. Als sie sich vor Jahren für die Stelle beworben hatte, hatte sie es zunächst seltsam gefunden, dass ein Unternehmen, dass sich seinen Namen eigentlich in der Erdölbranche gemacht hatte, auf digitale Sicherheit setzte, doch wie die Personalleiterin ihr erklärt hatte, war das eine Investition in die Zukunft. Alternative Energien und Digitale Inhalte sollten sichern, was Erdöl die Firma zu dem gemacht hatte, was sie heute war. Für Becky machte das durchaus Sinn und so wurde sie – gemeinsam mit Hallie – eine Cybernanny. Sie scannten und beobachteten Seiten, die für Kinder eine Gefahr darstellen konnten, prüften Inhalte auf Seiten, die für Kinder gemacht worden waren und hatten so schon einige wirklich heftige Fälle hopsnehmen können. Man mochte gar nicht glauben, wie viel kranker Scheiß im Internet unterwegs war. Becky war froh, ihren Teil dazu beitragen zu können, dass Kinder zum einen sicher im Netz surfen konnten und dass Menschen, die ihr Unwesen dort trieben, das Handwerk gelegt wurde. Sie rief die erste Internetseite auf, die sie screenen sollte, nahm einen Schluck Kaffee und klickte sich durch die noch einfach zugänglichen Bereiche. Üblicherweise waren die Inhalte, die einen Straftatbestand darstellten, natürlich nicht so einfach für jedermann zugänglich. Doch Hallie und Becky hatten im Laufe der Jahre und im Zuge ihrer Ausbildung so ziemlich jeden Kniff drauf, um hinter die Fassade einer noch so gut abgesicherten Website blicken zu können.

„Oh mein Gott, hast du schon gesehen, wer heute im Haus ist?" Becky sah auf. Vor ihrem Büro unterhielten sich zwei Praktikantinnen miteinander. Blutjunge Dinger, die in Miniröcken und viel zu stark geschminkt durch die Gänge fegten und bei denen sich Becky jedes Mal fragte, ob das ihre Vorstellung von „seriös" war, oder ob sie einfach nur versuchten, möglichst viel männliche Aufmerksamkeit zu erhaschen.

„Nein", sagte die zweite Praktikantin und wirkte gelangweilt. Becky hatte das Mädchen schon oft gesehen. Es wirkte irgendwie dauernd übermüdet und nicht gerade motiviert.

„Der Sohn vom Chef. Also Kennedy Junior. Der Typ ist vielleicht heiß. Soll so ein richtiger Mr.-Grey-Verschnitt sein, wenn du weißt, was ich meine."

Becky hielt inne. Dass Mr. Kennedy einen Sohn hatte, wusste sie gar nicht. Der Oberboss persönlich war zwar hin und wieder bei einem Meeting anwesend gewesen, in dem auch Becky gesessen hatte, doch mit ihm persönlich hatte sie – bis auf einen halbherzigen Handschlag bei der Weihnachtsparty – nichts zu tun.

„Ist er heiß?", fragte die lahme Praktikantin die Aufgedrehte.

„Und wie. Er ist Anfang vierzig, steinreich und ein Playboy. Wenn dus schaffst, sein Sugarbaby zu werden, dann kannst du dir ganz schön was rausschlagen."

Becky würgte lautlos. „Sugarbaby". Junge Dinger, die versuchten, aufgrund ihrer Jugend und Schönheit bei älteren Kerlen zu Punkten. Mädchen, die Becky schon so manches Date auf Tinder versaut hatten. Seit sie die Dreißig überschritten hatte, war es in der Tat schon mehrfach vorgekommen, dass ein Kerl ihr sagte, sie wäre ihm schlicht zu alt. Viele der Typen, die möglicherweise für sie in Frage kamen, wurden ihr auch gar nicht mehr angezeigt, weil die das Alter der Damen, die sie kennenlernen wollten, auf unter dreißig festgesetzt hatten.

„Und jetzt hast du vor, das Sugarbaby von dem Typen zu werden?", fragte die Lahme. Es hatte den Anschein, als würde sie sich nicht für Kennedy Junior interessieren, wer immer das auch sein mochte.

„Wenn es sich ergibt, werde ich mein Bestes tun", grinste die Aufgedrehte. Becky nahm sich vor, den Kerl – Kennedy Junior – später zu googeln. Doch für den Moment brauchte sie etwas Zeit um sich auf ihre Arbeit zu konzentrieren, also ging sie zu ihrer Bürotür und schloss die beiden Sugarbabys da draußen aus.

***

Hunter befiel ein mulmiges Gefühl, als er vor der Bürotür seines Vaters stand und mit sich rang, einzutreten. Viel lieber hätte er sich auf die Suche nach „Jessica" gemacht, die eigentlich Rebecca Sterling hieß und den Fehler gemacht hatte, ihre Zutrittskarte zum Gebäude gut leserlich an ihrem Blazer befestigt zu haben. Dieses kleine Miststück. Rebecca Sterling also. Sobald diese Sache mit seinem Vater – was immer der auch von ihm wollte – ausgestanden war, würde er sich von der Personalabteilung Jessicas/Rebeccas Personalakte geben lassen und sie zu sich beordern. Eigentlich hatte er vor gehabt, an diesem Nachmittag zurück nach L.A. zu fliegen, wo er die meiste Zeit in seiner Villa in Bel Air verbrachte. In Los Angeles gab es für seinen Geschmack einfach die heißeren Frauen als hier an der Ostküste. Er hatte ein paar Dates verschieben müssen, weil sein Vater ihn an diesem Montag-Morgen unbedingt hatte sprechen wollen und sich so im Waldorf Astoria eingemietet, anstatt seine Wohnung am Central Park zu beziehen – oder einen der Landsitze der Familie in Anspruch zu nehmen. Er wollte so schnell wie möglich wieder raus aus New York, doch mit Rebecca hatte er noch ein Hühnchen zu rupfen. Ihr Gesichtsausdruck würde unbezahlbar sein, wenn sie in sein Büro trat und ihn dort vorfand. Oh ja, er würde sie dazu bringen, sich zu winden. Natürlich würde auch er seine Deckung aufgeben müssen, aber das war ihm egal. Er saß ohnehin am längeren Ast. Doch jetzt würde er erst einmal den unangenehmen Teil des Tages hinter sich bringen müssen. Er straffte seine Schultern, klopfte kurz an und betrat dann das Vorzimmer des Büros seines Vaters.

Die Sekretärin, die an einem langen, weißen Schreibtisch saß und gerade etwas tippte, sah auf und hielt für eine Sekunde den Atem an. Hunter grinste leicht. Seine Wirkung auf Frauen war sensationell. Hätte er Jessica/Rebecca nicht vorhin im Lift getroffen, hätte er sich gut und gerne vorstellen können, dass er dieser Dame eine schöne Nacht bescherte, doch zunächst würde er sich erstmal um sein Date vom Samstag kümmern und ihr beibringen, was einem blühte, wenn man einen Mann wie ihn an der Nase herumführte.

„Mr. Kennedy. Ihr Vater erwartet Sie schon." Die Sekretärin stand auf, strich ihr Kostüm glatt und sah ihn an. Oh ja, es würde ihn nur ein Fingerschnippen kosten, um sie abzuschleppen. Und seinen Vater würde es verrückt machen.

„Kann ich direkt durch?"

„Aber ja. Haben Sie einen Wunsch? Eine Tasse Kaffee? Etwas Wasser. Oder etwas anderes?" Sie sah ihm in die Augen. Am liebsten hätte sie sich wohl umgehend die Kleider vom Leib gerissen und sich auf ihn gestürzt.

„Danke, ich hatte vorhin schon einen Kaffee."

„Wenn Sie irgendetwas brauchen, geben Sie Bescheid, ja?"

„Mach ich." Hunter betrat das große Büro seines Vaters, das im Industrial Style eingerichtet war. Die Wand links von ihm war durch eine Fensterfront ersetzt worden, durch die man auf das morgendliche Manhattan – und auf den Hudson sehen konnte. Sein Vater thronte fast hinter seinem Schreibtisch, auf dem sich kein Computer und auch sonst nur wenige Papiere und ein Telefon befanden. Charles Kennendy war kein Freund von moderner Technik.

„Guten Morgen Dad", sagte Hunter, als er eintrat. Schon am Blick seines Vaters konnte er erahnen, dass das Gespräch, dass die beiden gleich führen würden, kein sehr angenehmes sein würde.

„Da bist du ja endlich." Charles Kennedy stand auf und ging auf seinen Sohn zu. Distanziert reichte er ihm die Hand. „Setz dich. Wir müssen etwas besprechen."

Hunter nahm auf dem Sofa Platz, das zu der Sitzgruppe gehörte, die sich im rechten Bereich des Büros befand.

„Also Dad, worum geht's?", fragte er.

Sein Vater sah ihn einige Momente lang an. Während Frauen zu zerschmelzen schienen, wenn sie Hunter anblickten, erkannte er im Blick seines Vaters fast etwas wie Abscheu.

„Ich werde mich demnächst zur Ruhe setzen", sagte Charles und sah Hunter an. Hunter entspannte sich etwas. Es stand schon lange im Raum, dass Charles Kennedy das Zepter der Firma endgültig an seinen Sohn übergeben sollte und wenn Hunter ehrlich war, konnte er es kaum erwarten, die Führung der Firma zu übernehmen. Er würde so einiges anders machen, das war ihm längst klar. Ein zufriedenes Lächeln zierte seine Lippen.

„Der Grund, warum ich dich heute zu mir beordert habe, ist, weil ich dir sagen wollte, dass ich dir nicht die Firma übertragen werde, so wie ursprünglich geplant. Ich werde sie verkaufen. Es gibt bereits einige Interessenten."

Hunters Lächeln gefror. „Was? Aber Dad, dein Großvater hat die Firma groß gemacht. Sie ist eine Institution hier in den Staaten. Und es war immer klar, dass ich sie eines Tages von dir übernehmen werde. Genau wie mein Sohn eines Tages ..."

Charles fiel ihm ins Wort. „Und genau hier liegt der Hund begraben", sagte er. „Du hast keinen Sohn. Du hast keine Ehefrau. Du hast noch nicht einmal eine feste Freundin. Du hurst durch die Gegend, in jedem drittklassigen Magazin berichten sie über deine Eskapaden mit irgendwelchen Starlets. Das ist nicht der Stil, den ich mir für meine Firma wünsch."

„Aber Dad." Hunter sprang auf. Ein Gefühl der Panik hatte sich in ihm breitgemacht und in seinem Magen festgesetzt. „Du kannst mir nicht die Firma nehmen. Ich ... ich lebe dafür."

Charles lachte. „Der war gut, Sohn, der war gut. Du schaffst es kaum, vor zehn im Büro zu sein und bist der erste, der nachmittags nach Hause geht. Bei den Vorstandssitzungen langweilst du dich und hast ständig dein Smartphone in den Händen. Du wirkst wie ein Teenager, der sich für alles interessiert – nur nicht für die wichtigen Dinge. Das ist mir zu wenig, wenn es um meinen Nachfolger geht."

„Und deshalb verkaufst du die Firma? Gibst alles, was unsere Vorfahren aufgebaut haben, in fremde Hände?"

„Ich habe leider keine andere Wahl. Glaub mir, ich wünschte auch, dass es anders gekommen wäre. Aber ich verkaufe die Firma lieber, als dass ich sie meinem windigen Sohn gebe, der die Geschäfte schleifen lässt und das Unternehmen in einem Jahr in den Ruin treibt."

„Verdammt nochmal, Dad, so ist das nicht", rief Hunter. Er spürte Angst in sich aufsteigen.

„Ach, nicht. Ist es nicht so, dass du jetzt vierzig Jahre alt bist und noch immer keine Frau hast? Ist es nicht so, dass du vierzig Jahre alt bist und kein Interesse daran zeigst, sesshaft zu werden. Ist es nicht so, dass man dich absolut nicht ernst nehmen kann? Ist es nicht so, dass du dich für alles andere interessierst, aber nicht für die Firma?"

„Ich … habe eine Freundin, Dad", platzte Hunter heraus. Er wusste zwar, dass er sich gerade um Kopf und Kragen redete, aber es sprudelte einfach so aus ihm heraus. Es schien die einzige Möglichkeit zu sein, das Ruder noch einmal her-

umzureißen. „Ich … ich möchte sie bald fragen, ob sie meine Frau werden will. Ich wollte sie euch bald vorstellen, aber ich wusste nicht, wie ich das anstellen sollte. Ich meine, ich habe lange keine Frau mehr so sehr geliebt wie sie."
Charles sah seinen Sohn aus wachen, skeptischen Augen an.

„Und du glaubst wirklich, dass ich dir diesen Schwachsinn abnehme, Hunter? Du hast jetzt auf einmal, wo es brenzlig wird, eine Frau an deiner Seite, mit der du dich verloben möchtest, die aber noch niemand gesehen hat?"

„Ja. Ich weiß, dass das bei mir nicht sehr glaubwürdig klingt. Aber es ist die Wahrheit. Dad, ich bin dabei, eine Familie zu gründen und du nimmst mir die gesamte Grundlage? Ich wollte sie euch vorstellen, wenn alles klar ist. Wenn ich ihr „Ja" habe. "

Diese Aussage schien etwas bei Charles zu bewirken. Er sah für einen Moment bewegt aus.

„Stell mir diese Frau vor. Heute Abend. Im Appartement auf der 5th. Ich werde deine Mutter darüber informieren, dass du eine Freundin hast. Sie wird sie bestimmt auch kennenlernen wollen und heute Abend da sein."

„Ich …", begann Hunter, doch ihm wurde klar, dass er den Schwanz jetzt nicht mehr einziehen konnte. Irgendwie würde er schon eine Möglichkeit finden, sich aus dieser Situation zu befreien. Notfalls musste er eben auf die Schnelle eine Schauspielerin casten oder so. „Okay. Wir werden da sein. Ist acht Uhr in Ordnung?"

„Acht ist bestens."

„Dad?"

„Was?"

„Diese Sache mit dem Verkauf …"

„Wenn ich der Meinung bin, dass du Verantwortung übernehmen kannst, dann ist der Verkauf hinfällig", sagte Charles und erhob sich. Er ging zurück zu seinem Schreibtisch und setzte sich.

„Wir sehen uns dann heute Abend."

2

Becky war etwas aufgeregt, als sie nach oben in die Chefetage beordert wurde. Eine pikiert klingende Sekretärin hatte ihr vor kaum fünf Minuten eröffnet, dass Mr. Kennedy sie unbedingt sofort sehen wollte. So hatte sie kurz im Badezimmer ihr Make up geprüft und war mit dem Lift ganz nach oben gefahren. Hier oben sah es ganz anders aus, als in den Büroräumlichkeiten weiter unten. Becky war sich sicher, dass es sich hier, wo alles nach Feng Shui ausgerichtet war, man sich im Luxus wähnte und es viel ruhiger war als unten, großartig arbeiten ließ. Sie klopfte an die Tür und trat ein. Eine ältere, aber sehr überspitzt wirkende Dame blickte auf.

„Hallo, mein Name ist Rebecca Sterling. Ich möchte zu Mr. Kennedy."

„Guten Tag. Mr. Kennedy erwartet sie bereits." Die Dame stand auf und ging vor Rebecca durch das Büro. Dann klopfte sie an eine Tür und öffnete sie. „Miss Sterling ist jetzt da", sagte sie. Schließlich trat sie zur Seite und machte Platz für Becky. Becky ging an der Frau vorbei und fand sich in einem großen, hellen Büro wieder, in das jenes Büro, dass sie mit Hallie teilte, zehnmal gepasst hätte. Ganz vorne stand ein großer Schreibtisch und ein Mann saß an einem MacBook. Er sah auf, als sie eintrat und in dem Moment, als sie realisierte, wen sie da vor sich hatte, blieb ihr Herz stehen.

„Ach du scheiße", entfuhr es ihr. Hunter sah sie an. Ein breites Grinsen zeichnete sich auf seinen Lippen ab, als er sich erhob.

„Jessica Day. Wie schön. Oder sollte ich eher Rebecca Sterling sagen?"

Becky ging auf Konfrontation. „Ach. Und dir ist dein Name wohl entfallen, Andrew Lincoln, was?"

„Ich hatte meine Gründe, meinen richtigen Namen nicht irgendeinem x-beliebigem Date auf die Nase zu binden."

„Schön. Eingebildet sind wir also auch noch."

„Das hat nichts mit eingebildet sein zu tun. Sondern eher damit, dass es sich in meiner Position nicht anbietet, einer jeder Frau zu erzählen, wer ich wirklich bin. Daraus können brenzlige Situationen entstehen, weißt du."

„Was willst du von mir, Hunter?" Becky sah ihn an und biss sich auf die Zunge. Mist. Sie hatte ihn bei seinem echten Namen angesprochen. Auch Hunter registrierte, dass sie ihn mit seinem richtigen Namen angesprochen hatte, obwohl er ihr den doch gar nicht verraten hatte. Gut, sie hätte leicht dahinterkommen können, wie der Sohn des Eigentümers der Kennedy Corp. Hieß und vermutlich hatte sie das auch getan.

„Ich brauche deine Hilfe." Er bot ihr einen Platz auf dem Sofa an, das an der Fensterfront stand und einen fast so perfekten Ausblick bot, wie das Büro seines Vaters. Auf die Idee, Rebecca einzuweihen und sie an Bord zu holen, war sein genialer Verstand gekommen, als er zurück in sein Büro gegangen war und sich gefragt hatte, wo er bis heute Abend eine Frau auftreiben sollte die seine Freundin-Schrägstrich-Verlobte spielte. Rebecca eignete sich perfekt. Sie war wunderschön, gebildet, intelligent und humorvoll. Sie hatte Manieren und Klasse und sie hatte ganz besondere Qualitäten im Bett. Sie war seine einzige Option, wenn er die Firma nicht in fremden Händen sehen wollte. Und sie war eine Art Absicherung. Klar hätte er eine Schauspielerin casten können. Ein Model buchen oder einfach eine seiner ständig verfügbaren Gespielinnen einweihen können. Aber diese Frauen waren alle zu unsicher für das, was er vorhatte. Er brauchte eine Frau, auf die er sich verlassen konnte. Eine, die ihm nicht irgendwann einmal aus verletztem Stolz in den Rücken fiel. Und Rebecca Sterling schien ihm da genau die Richtige zu sein.

„Wobei? Sollen wir gemeinsam Serien angucken, damit du dir wieder ein paar Namen aussuchen kannst? Und findest du echt, dass du Ähnlichkeit mit dem Schauspieler Andrew Lincoln aus The Walking Dead hast?"

„Ich finde, ich sehe besser aus als er", sagte Hunter und setzte sich neben Becky auf die

Couch. „Aber ich denke, in einer Situation, in der sein Seriencharakter steckt, würde ich ähnlich handeln wie er und als Anführer herausgehen."

„Interessant", sagte Becky gelangweilt.

„Übrigens … diese Wäscherei in Brooklyn … ich an deiner Stelle würde meine Wäsche nicht dort abgeben", sagte Hunter.

„Du hast dort angerufen?" Becky war überrascht, was auch Hunter nicht entging. Sie hatte nicht damit gerechnet, dass Hunter – Andrew – tatsächlich die Nummer wählen würde, die sie ihm gegeben hatte. Wieso hatte er das gemacht?

„Hör mir zu, Rebecca, ich brauche deine Hilfe. Die Firma … braucht deine Hilfe", begann Hunter, ohne auf Beckys Frage einzugehen. Becky sah ihn fragend an.

„Was?" Rebecca verstand kein Wort.

„Du musst mir versprechen, dass das, was ich dir jetzt erzähle, für immer unter uns bleibt, ja?", begann Hunter, „Ich muss mich darauf verlassen können, dass kein Wort der Konversation, die wir jetzt führen werden, jemals diesen Raum verlässt."

„Ich versprechs dir", sagte Becky. Sie konnte sich nicht vorstellen, was Hunter ihr sagen wollte.

„Hör zu. Diese Firma gibt es jetzt seit vier Generationen. Mein Ururgroßvater hat sie gegründet, mein Urgroßvater hat sie aufgebaut. Mein Großvater hat sie groß gemacht und mein Vater hat das aus ihr geschaffen, was sie heute ist. Plan ist, dass ich die Firma bald übernehme. Aber

… dazu brauche ich eine Frau." Becky sah Hunter überrascht an.

„Ich denke ja nicht, dass du Probleme haben solltest, eine zu finden, solange du bei deinem echten Namen bleibst", sagte Becky und versuchte, belanglos zu klingen.

„Ich brauche diese Frau jetzt. Heute Abend muss ich meinem Vater eine Frau präsentieren, mit der ich mich verloben möchte."

„Was?" Becky verlor jetzt doch etwas die Fassung. „Warum das?"

„Ich habe meinem Vater erzählt, ich hätte eine Freundin, der ich bald einen Ring an den Finger stecken möchte. Das war die einzige Möglichkeit, um den Verkauf der Firma aufzuschieben. Und jetzt möchte mein Vater diese Frau verständlicherweise kennenlernen. Heute Abend. Und da kommst du ins Spiel."

Becky ahnte schon, worauf diese Sache hinauslaufen würde, doch sie wagte sie gar nicht zu Ende zu denken. „Oh nein. Das vergiss ganz schnell mal wieder. Ich habe keine Lust, in irgendwelche verlogenen Machenschaften hineingezogen zu werden. Schon gar nicht von dir."

„Schon gar nicht von mir?" Hunter sah Becky fragend an. Er hatte wirklich keine Ahnung davon, dass sie beide eine gemeinsame Vorgeschichte hatten, die der Bekanntschaft vom Wochenende lange vorausging. Er schien sie ganz einfach so vergessen zu haben, nachdem sie beide mehrere Monate Kontakt gehabt hatten.

„Tut mir leid, dass ich dir nicht helfen kann, Hunter. Aber wie gesagt, es mangelt dir bestimmt nicht an Freiwilligen." Becky stand auf. Eigentlich hatte sie recht. Für Hunter sollte es kein Problem werden, eine geeignete Frau zu finden, die für eine Weile seine Verlobte spielte. Erst recht nicht, wenn er ihr ein hübsches Sümmchen dafür anbot. Aber er wollte Becky für diese „Rolle". Bei ihr war er sicher, dass nichts schief ging. Bei ihr hatte er ein gutes Gefühl. Allein die Tatsache, dass sie sich nicht so einfach auf sein Angebot einließ, machte ihm klar, dass Rebecca Sterling genau die Richtige dafür war. Er hatte fast damit gerechnet, dass Becky sich weigern würde. Doch auch dafür hatte er ein As im Ärmel.

„Rebecca, hör zu. Ich würde dich das nicht fragen, wenn es nicht wirklich wichtig wäre. Es geht ja nicht nur um mich. Ich habe genug Geld, um mir für den Rest meines Lebens keine grauen Haare wachsen zu lassen. Aber … wenn mein Vater die Firma verkauft, dann … verlieren alle Mitarbeiter der Kennedy Corporation ihre Jobs. Soweit ich weiß, gibt es Interessenten aus Japan und Deutschland. Beide liefern sich im Moment einen Bieterkrieg, aber eines ist sicher – wenn einer der beiden den Zuschlag erhält, dann … verlieren hier tausende Menschen ihre Jobs."

„Was?" Becky riss die Augen auf. Sie machte sich gar nicht so sehr Sorgen um sich selbst. Mit ihrer Ausbildung und ihrer Erfahrung war es ein leichtes, bei einem neuen Unternehmen anzuheuern. Aber was war mit all den Hilfskräften, den Sekretärinnen, Empfangsdamen und Telefonistinnen, die nicht an jeder Ecke einen neuen Job fanden? Sie dachte an Lisa, deren Ehemann erst vor kurzem abgehauen war und die jetzt alleinerziehend war. Sie hatte mit der Personalabteilung eine sehr flexible Arbeitszeiteinteilung ausgearbeitet, doch welcher neue Arbeitgeber würde sich denn auf eine Angestellte einlassen, die möglicherweise alle Nase lang wegmusste, weil das Kind etwas brauchte? Aber trotzdem konnte sie sich doch nicht auf so eine Sache einlassen. Was sollte sie überhaupt tun? Für einen Abend Hunters Freundin spielen. Und dann? Sie arbeitete für die Firma, Charles Kennedy würde wissen, wer sie war. Oder es zumindest bald herausfinden. Das war doch alles viel zu schlecht durchdacht. Das klang nach einer ziemlich dummen Kurzschlussreaktion.

„Ich bin mir sicher, es gibt noch eine andere Möglichkeit, den Verkauf der Firma zu vermeiden", sagte sie jetzt. „Ich meine, der Verkauf der Firma kann doch nicht damit stehen und fallen, ob du eine Freundin hast oder nicht."

„Oh doch. Tut er aber", sagte Hunter. „Und glaub mir, Rebecca, mir ist es genauso unangenehm, dich um diesen Gefallen zu bitten, wie dir, ihn auszuführen. Aber ... ich sehe keinen anderen Weg, um all die Arbeitsplätze zu erhalten. Mein Vater ist sehr ... eigenwillig in der Beziehung, weißt du?"

„Schön und gut, aber er wird doch wissen, wer ich bin", sagte Becky. „Ich meine, ich arbeite seit fünf Jahren hier. Wenn er mich nicht erkennt, wenn wir uns sehen, dann doch spätestens, wenn er mich nach meinem Job fragt. Außerdem sagt der Firmenkodex doch aus, dass Beziehungen zwischen Mitarbeitern nicht geduldet werden." Sie erinnerte sich selbst an etwa zwölf Paare, die über die Kennedy Corporation zusammengefunden hatten. Natürlich scherte sich niemand etwas um diesen Kodex, wenn Amor schon zuschlug.

„Ich weiß. Aber wo die Liebe hinfällt. Ich bin mir sicher, meine Familie wäre entzückt von dir. Egal, ob wir uns übers Büro kennengelernt haben oder nicht. Außerdem ... können wir ja sagen, wir haben uns in einer Bar getroffen. Oder beim Einkaufen. Oder uns fällt schon was ein. Also Rebecca, was meinst du?"

„Ich will das wirklich nicht tun, Hunter. Ich habe ein schlechtes Gefühl dabei." Becky saß vor dem Mann, dem sie so lange Zeit nachgehangen war. Vor dem Mann, von dem sie geglaubt hatte, er könnte für sie das werden, was Chris für Hallie war. Der Mann, der sie nach Philadelphia beordert, und sie dort versetzt hatte. Der Mann, der jetzt ihre Hilfe brauchte. Liebend gerne hätte sie Hunter volle Breitseite seine Bitte abgeschlagen. Aber da waren all die anderen, die darauf bauten, dass sie einen sicheren Arbeitsplatz hatte. All die Lisas in den unteren Etagen, die jetzt gar nicht

ahnten, dass ihre Zukunft in Beckys Händen lag.
Dann traf sie eine Entscheidung.

„Also gut, ich machs."

„Bad Girls don't love – Becky & Hunter" erscheint im März 2019 als eBook auf Amazon und als Taschenbuch auf allen gängigen Plattformen. Das Taschenbuch kann überdies über jede Buchhandlung bestellt werden.